名家推薦

海盜先生對於凝望人如何失去，有其獨到且細密的目光。在《無法成為未來的那個清晨》中，人們所失去的事物包含但不限於：工作、婚姻、生命、記憶、名字和「感覺自己可以畫出任何東西」的年輕往昔。失去的歷程，以及失去之後人的心上所遺留下來的啞然空缺，是作者傾心經營的命題，那宛如一幅哀婉迷離，繪下了失物、不復存在之物的畫卷，而通過畫卷的成立，我認為作者真正想要凝神睇看的是更為深層的圖景：從失去之中倖存的人們哪，你們將往何處去？

於是乎小說角色向著空缺出發，展開一段關乎追索、關乎償贖及歸屬，明滅不定的內在旅途。小說之初，角色拋出的問句「嘿，你很完整嗎？」以不同的面貌反覆變形及現形，貫穿了整趟敘事的旅程。是的，你敢說你很完整嗎？破碎的人在路上，懷抱著一座座殘骸而活著的人也在路上，在路上的人將尋回些什麼，或將行至什麼樣的境地那都是說不準的，畢竟人各有命，但「攜帶著一個不肯放下的問題上路」這件事，總是令我莫名動容，令我感到人對於活著一事的慎重乃至於敬重。

——包冠涵

初識《無法成為未來的那個清晨》，很是驚豔，這是一本耐讀的小說，絕對不該被埋沒。因為作者在百轉千迴的人生裡，努力去擎住一小撮打火機那樣微弱的火焰，將之高舉，儘管也許沒有人看到，作者還是牢牢將之握在手中。

我推薦讀者不時就翻一小段，模擬作者寫作時的狀態，一點一點推進，也許抽著菸，很苦惱地搔著頭髮，但還是一直一直往前進。我常覺得讀這本書像是在下毛毛雨時搭火車，在一個穩健的、巨大的節奏中，很慢很慢地向前走，穿過陰鬱的天色與隧道，彼方有光，但自己也知道，整個天色越來越暗下來了。

誠摯祝福作者與這本書的出版。

——李璐

關於海盜先生，從書稿到出書，我心中一直有兩種聲音：一定要出，千萬不要出。

前者是因為閱讀時能感受到書寫的渴望彷彿本能，積極地生長。後者是因為感受到這樣的作者在出版市場會遭遇怎麼樣的困難。

但我印象深刻他說過：我最有自信的就是我沒有自信這件事，而且我充其量只能算是一個素人而已。

《無法成為未來的清晨》就是這樣一本呼應著生存的書，難以預料、沒有勝算，但也強大有力。

我們都有那一面，但只有海盜先生這樣的素人有能量寫出來！

——葉美瑤

彷彿世界末日之前的清晨，海盜先生不疾不徐，敘述著那些等著被遺忘的事情。而我們從這本輕盈、透明的長篇小說當中看見，遺忘之前，一個真正的小說家，所能記得的事情，竟可以那樣地多。在這本小說當中，我們好像也跟海盜先生一起等待著，那個不知會不會到來的末日，在恍惚當中等待那位，也不知道會不會到來的果陀。

——羅毓嘉

推薦序

推薦序

溫馴地步入良夜，就是迎接末日的清晨

盧郁佳

《無法成為未來的那個清晨》中，cecilia 對男主角「我」說起海盜桶玩具（木桶裡有個海盜玩偶，玩家輪流往桶上插刀，一插中機關讓海盜玩偶彈飛就算輸）：「我覺得你的感覺就很像在桶子上等人出錯的海盜先生。」男主角心懷傷痛、苦命飄零，為何會予人「強勢等著揪錯偷襲」的印象？

許多人初讀此書似曾相識，結構、腔調、角色彷彿村上春樹。模仿是克服失語的手段，讀者可視為抄襲，亦可視為解謎的途徑。讀了村上春樹後，每個人作的夢都不一樣，這是萬千夢境中的一個。漫長、細密的鋪陳，只為水到渠成之時、與讀者剖心相見。而在婚姻素描上，本書比四十三歲寫出《發條鳥年代記》的村上春樹走得更遠，對關係中不可說的幽暗面坦露更多。

●

男主角「我」在頂樓遇到一位謎樣少女，像《發條鳥年代記》男主角「我」後巷找貓，遇到十六歲的笠原May，貪看她背心熱褲漂亮身形、耳廓的細毛、上唇微翹的小嘴，回家不但向太太隱瞞相遇之事，還想寫詩送她。

但《無法成為未來的那個清晨》相形冷感，雖然少女也穿短褲現身，男主角也向cecilia隱瞞遇到少女，但書中只交代她是「矮個子」就完事。回顧全書的女性角色，美容保養品業務員cecilia「面容沒有什麼記憶點」，國中同學sabrina「雖然不是美人，但五官說實在也算是細緻的了」，前妻是「在公司認識的，相當可愛的女孩」，看得出是好好先生敷衍兩句，絲毫不帶熱情。她們都是NPC，名字首字都採小寫，像是暫定、浮動，不安地請求「您忙，不用管我」。《發條鳥年代記》中，笠原May想從死人身上取出「死亡」來解剖，覺得死亡像軟式棒球般，外層軟乎乎，越往裡面越硬，核心的小硬芯像軸承滾珠一樣小又硬。這意象被《無法成為未來的那個清晨》轉化為謎樣少女的腦瘤，她怕手術死亡怕得失眠，每天灌醉自己才能睡。顯示她是苦惱逃避的凡人。

《發條鳥年代記》中，後來笠原 May 把「我」困在井底進入內心世界，象徵她是來往兩界的巫女，「死亡意象」預言他婚姻的問題核心。他辭職靠妻子上班養活，扮演「大和撫子」般溫馴的家庭主夫。妻子看到晚餐他炒青椒牛肉，暴怒痛斥他竟不知道她不吃青椒牛肉。妻子自己不說、要人猜，以為他理所當然該知道，這是情緒勒索。然而他耐心安撫。熄燈上床，安全過關後，他才為妻子喜怒無常而恐懼。

他外表像慈母什麼都能忍，內心疏離自保不說真話，就是「外層軟乎乎，越往裡面越硬」的「死亡」，笠原 May 說的死人就是他。婚姻死亡，是因為他先處於假死狀態。

《無法成為未來的那個清晨》中，cecilia 同樣受身心疾病慢性化所苦。她說，和男友同居開始，「變成凡事都要考慮到別人的感受之後，我開始有了壓力，每天只是小心翼翼的往返著工作場所與住所。」「一邊擔心著一邊活下去。」壓力累積到喪失工作動力，「我終於死了，只剩下軀殼。」

男主角從小到大沒有體會過依賴別人是什麼感受，誤以為依賴別人就是「拍拍肩膀，辛苦了，你可以回家了」。會混淆依賴和被依賴，可見他從小都在體貼不成熟的大人。

女同事追求他、開始依賴他，他說「在一開始的時候會不得不接，因為深怕對方就這麼掉到世界的盡頭了」。可能也是他兒時對大人的看法。

他向她求婚，替她買了婚戒。但自己不戴飾品，所以他的戒指就省了。暗示他覺得自己怎樣都無所謂。就如同他相信「關係需要兩人出同樣的力氣才能平衡」，但沒告訴她，因為「我並不是會說出心裡想的話那樣的人」。因為自己怎麼想不重要，所以他不說。不說，又怎能出同樣的力氣？

他一年內換了無數工作，都因為態度消極而被開除。最後做深夜投遞羊奶的信差，薪資微薄，把他困在妻子老家擱淺，無法搬出去獨立。妻子無法忍受，已挑明不願負擔他的憂鬱症。永遠處於被動的立場，只能以她的角度去想，做了這事情她會怎麼反應。她下班要問她今天發生什麼事，她回家要問她去了哪玩。下班要買早餐給她，去便利商店要問她想買什麼，飲料要買兩人份。看似美好，其實只是怕她會生氣。長久隔絕於自己的感受，他說自己就是屍體。

笠原 May 說的，死人。

「看似美好，其實只是怕她會生氣。」為什麼？可能因為，她下班沒問她今天發生什麼事，她會生氣。她回家沒問她去了哪玩，她會生氣。下班沒買早餐給她，她會生氣。去便利商店沒問她想買什麼，她會生氣。飲料只買自己的，她會生氣。像《發條鳥年代記》中「我」無端遭妻子痛斥。也許一百次妻子生氣過一次，也許沒有，但求生意志強烈困擾著他。恐懼就是「插著一堆刀，插錯了就會彈出來」、「在桶子上等人出錯的海盜先生」。他既提心吊膽，或許也有令人害怕的一面。皮之不存，毛將焉附。既無安全、信賴，當然無法愛。

cecilia 說：「這個男朋友不行，我不想跟他結婚組成家庭，我只是在孤單的時候才依賴他的。」

「我」說：「我可能並不愛她，最初也是她先喜歡我跟我告白的。」「也許我並沒有真正的愛過誰吧。」

也許這就是為什麼《發條鳥年代記》垂涎笠原 May，《無法成為未來的那個清晨》的「我」卻冷感；嘴上說「想鑽進女孩子裙底」卻暗戀不敢告白。

與性慾同樣缺席的，是食慾。全書開頭，「我」的早餐是超商微波食品——小說如監視器捕捉主角每個動作、思緒，鉅細靡遺；但讀者居然不知道他吃了水餃還是炸雞。因為他沒興趣，跟女性角色外貌一樣，食物直接打馬賽克。既無興趣，亦無能為力：「我」和妻子都不會煮飯，住在妻子老家時只有岳母煮，早餐是兩個饅頭加肉鬆，讓讀者也跟著喉嚨發乾。

結尾「我」陪 cecilia 去旅行，途中沒上過館子：一餐是大亨堡跟可樂，投宿的早餐買咖啡和茶葉蛋，午餐泡麵。隔天是咖啡和超商麵包，下一餐是咖啡和洋芋片。像伺候妻子般小心翼翼，cecilia 還沒醒，他已考慮要替 cecilia 買什麼：連吃兩天泡麵不妥；微波食品不知道她何時醒，冷了不妥。做完消去法，他沒注意到自己想吃什麼，直接跟她吃一樣的。考慮這麼周到，結果買的是洋芋片，因為他常這麼吃。或許他從小就常以零食、泡麵打發，獨自用餐，別人吃什麼，什麼是好吃、喜歡吃，就像什麼是依賴、愛，他沒概念。以垃圾食物維生，想必是因為只去超商，把人際接觸降到最低。賺飯錢給他套上工作的枷鎖，進食本身則猶如薛西弗斯反覆推石頭上山，是苦刑。這份飲食清單，是進食障礙的症狀。

同樣迎接世界末日，《世界末日與冷酷異境》男主角去銀座買了全套西裝，喝啤酒配生蠔，和女人晚餐吃草莓汁小蝦沙拉、生蠔、牛肝醬、燉墨魚、奶油櫛瓜、醃魚、豆子鱸魚通心麵、菠菜沙拉、蘑菇飯、燙青菜、番茄飯，葡萄汁、檸檬酥、咖啡。宛如謝肉祭狂歡，饑餓、縱慾的官能滿足。

這是兩種人生。《無法成為未來的那個清晨》寫的不是「在水面上」活躍於奇遇冒險的人生，是受身心症狀限制而「在水面下」像憋氣一樣有氣無力，負罪般自虐的人生。天氣熱出去吃冰，cecilia 總會想「我不能這麼幸福」。她去超市只買滿滿的零食、泡麵。因為她覺得自己殺了母親，而且可能被父親拋棄了。等她和「我」得知有人贖罪吃泡麵度日，除了泡麵，就只是睡，作噩夢，驚醒再睡……兩人或許從他身上看到了自己。

那人等麵泡開的三分鐘，就是他唯一的幸福救贖。泡完開始吃，感覺就褪了。這就是他的世界末日大餐了。受限制的人生，亦有其高峰體驗，是普通人無法從角落微塵中發現的。本書就是居住在憂鬱症這粒微塵星球上的告白，它啟發讀者以療養觀點重看村上春樹的長篇小說，也無愧村上，足以成就自己而並立。

●

曾有一集日綜，訪問海盜桶的製作公司 TAKARA TOMY，說四十年來玩家都搞錯了。其實遊戲原始設定是海盜老大被綁在桶中，插刀是割斷綑索救老大。所以玩者戳飛海盜才是贏家。

很多婚姻衝突，踩雷不是因為做錯了什麼，而是做對了。錯只錯在，這個星球的資源，不夠應付衝突。

1

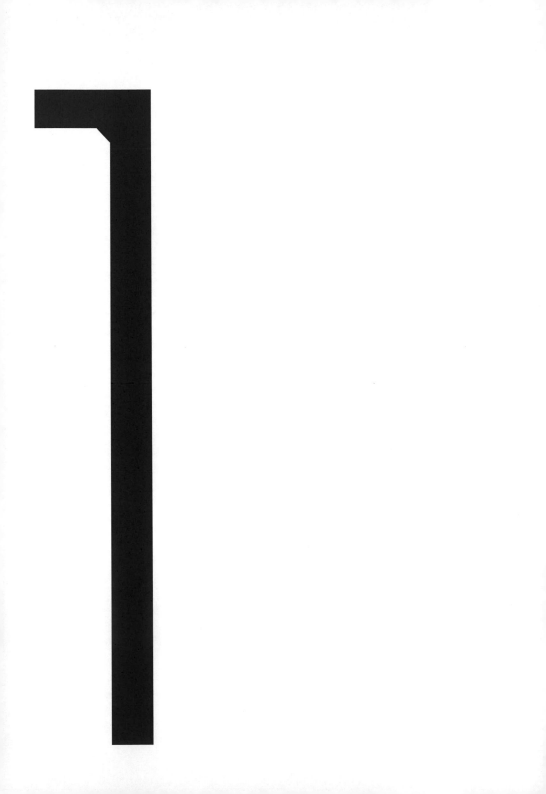

我完全活在記憶裡面，當然不是對於自己的，而是對於別人的，她的。以前那種以同班同學的身分存在的人際關係，因為畢業，大家都各奔前程，開始嶄新的體系。在那些體系下我的存在是非常渺小的，甚至就此消失了。而我，並沒有展開新的體系，只是在以往那個體系中來回，像是在期待著什麼似的，或者我根本沒有擁有展開新體系的能力，於是我裹足不前。在左心房這個位置。我拿起已經泛黃的信紙，開始努力的建構那時對於她，對於我，以及這封信的重點。我看著上面的每一個字，每一個符號。信紙的味道，還有不知道哪裡沾到水而模糊掉的地方。在堆砌起來的記憶逐漸接替，與其他的思緒混合。

我坐在床上，無表情的面對著牆壁。

我試圖把記憶中的那個妳（以前的那個妳）與現在的妳做出區分。但沒有一次是順利的，是我記憶力變差的緣故嗎？還是我的體系之中的妳早就已經不存在了？不，我想妳是絕對性的存在的，我沒有辦法忘記妳。但那個妳，也許已經隨著時間而停止了吧。就像死者永遠不會年老一樣。

我把頭轉向電風扇，暫時閉上眼睛。記憶回沖。

那液體從我的視線過來，往我的血管裡鑽，慢慢的跟血液融合，簡直就像人體煉成一樣，於是一個完整的記憶出現在我畫面裡。我可以叫出她的名字，認出她的外表，想起以前周圍的所有東西。

Face to face，我想。面對著自己的回憶。我已經在妳的回憶中，體系下完全死絕了吧。

於是我陷入無限下墜，最終無法落地的記憶碎片深淵。迴轉又紊亂，像是雜訊一般掉落下來而且無法掌握，想要伸手去抓但似乎早在前幾秒鐘就已經往不知名的地方飛逝。停止運轉。睜開眼睛。我發現我陷入僵直狀態。獨自站立在那記憶的潮流中，所有的一切都快速的往我的反方向前進，而我只是呆呆站在那正中央，並且沒辦法移動，不管是往前或者往後也好。我只能『面對』著。沒有任何的依憑，我確確實實的與所有人錯開掉了。所有人建立嶄新的自己，隨著時間，慢慢的，人們從我打開的門通過，而誰也沒有回過頭來，誰也沒有跟我說任何話，只是事務性的通過。入口與出口，我想。他們到底跑到哪裡去了。我完全找不到，真的找不到。一扇門與另一扇門之間，前進與後退之間，距離，deja vu。

Eternal Sunshine of the Spotless Mind。就像這部電影裡面的片段。確實的，我的記憶已經完全被別人抹除。又或者，我抹除掉了別人記憶。不管那是以什麼方式進行，都是所謂的『進行式』。我停留在我的這扇門。別人開啟了某個別的門。

『嘿，那都已經過去了。現在還有拿出來談的必要性嗎？』沒有，我當然知道沒有必要。只是，我現在所進行的，正是回憶這東西。我對於四周的沉默有些遲疑。

首先下樓去喝一大杯的水，放了 muse 的《Origin of Symmetry》，我把音量調低，讓音樂只剩下在黑暗中低沉，粒子般的。嚴肅的表情。我到底還是消失了一些東西吧？

就這樣，我的一天開始了，音樂響起，屬於我的一天就正確的到來，沒有一點延遲，雖說每天換的歌可能會不一樣，不過通常一首歌都會維持幾個月，就像刻進了什麼東西，音符與歌詞刻進了我的行程內。我在床上翻身，適時的用耳機切換歌曲，不知道過了多久，我感覺到我的肚子餓了，按一下 iPod，顯示 11:32，是時候該出去吃午餐了，我摘下耳機，用耳機線一圈一圈的繞著 iPod 像是固定什麼一樣纏好，起床的時候貓也正在吃著午餐。

最近常常，記憶會選擇性的回沖，有的時候可以正確的接受這訊息，有的時候則沒有辦法。

我在衛生衣外加了一件黑色的薄外套，揹上我的側背包，只是簡單的用水洗一下臉，就出門準備去離我最近的便利商店解決，快步的走下樓梯，途中經過別人的房門，不過什麼聲音都沒有，畢竟現在是上班時間啊，不會有人的，被遺棄的只有我而已。這世界正在栓緊螺絲上著發條，辦公大樓有嚴厲的上司正在斥訓著部下，開幾小時的會議討論著不著邊際的議案，但這都跟我沒關係，我想。我就是一個人，誰都管不著我，打開大門，往三百公尺遠的便利商店走去，還沒有到上班族的午餐時間，路上沒什麼人。進去之後選了不知名的一貫性的統一微波食品，吃完也沒辦法有任何感想的那種，就丟到店內的垃圾桶，然後我拿了一瓶茶裏王的濃韻烏龍茶大瓶的，準備冰在冰箱裡等時機到再喝，至於是什麼時機，等到了就知道，總之我是極需要飲料的人，這讓我有點煩惱，因為要花錢，但在接近夏天的日子裡，這真的很重要，咖啡是冰的（雖然都會放到常溫），說起來也只是一個禮拜買一次的程度，還可以接受，於是我回家，回到我那個十坪一房一陽台的房間，想著下午要怎麼過。

上午泡的咖啡還有剩，我就喝一口冷掉的咖啡在陽台準備抽菸，這些家具是我搬出來之後才買的，由於我抽菸，所以一定選擇有陽台的房間，也可以放洗衣機跟晾衣服，不需要跟別人搶著投幣式洗衣機甚至要排隊，除了買洗衣機，也買了冰箱，小型的冰箱，有冷凍，雖然說是不太知名的牌子但可以快速冷藏，冰進去的飲料很快就冰了，這點讓我很安心，洗衣機買了10.5kg的，為的是可以自己洗被單跟床罩，只有偶爾穿的貴重西裝跟冬天的大衣外套需要送洗衣店洗而已，大多自己就可以處理。在陽台抽完菸之後，我決定出門到賣場購買儲備的食品跟特價的飲料，不過才剛出門回來不久，於是我又恍惚的在陽台抽著不知道第幾根的菸，一邊聽聽遠方的蓋房子的聲響，還有狗吠。等我回過神時，時針已經指著下午1:56，該死，已經過了快兩個小時，我趕緊穿上薄外套揹背包出門，騎著十幾年前的二手機車往賣場前進。

歌曲我選了RADWIMPS的〈愛にできることはまだあるかい〉（我們還能為愛付出什麼）。這首歌是我騎車的定番，不知道為什麼，聽這首歌的時候，隨著巧妙的弦樂響起，心情會變得很開朗，雖然我不是開朗類型，但騎車的時候我喜歡懷抱著類似希望之類的東西前進，這我真的不懂，或者這才正常吧。

大概騎了十五分鐘左右到達，我先在前面的喫茶店停車，那邊總有比較多車位，賣場前的停車格總是被佔得滿滿的，明明只隔一條路，真搞不懂。我走進喫茶店，在靠窗的座位坐下來，點了一杯冰美式咖啡，望著窗外，人們提著大包小包的東西上機車，誰在大聲交談著，轉彎過來的汽車彎下去進去地下停車場。

「不好意思，這裡有人坐嗎？」一個唐突的女聲，我抬起頭看，一位大約二十歲左右長髮女性，胸前抱著像資料一樣的東西，面容沒有什麼記憶點，倒是眼睛大了點，以她這個臉型來說。

『可以，這裡沒人坐。』我說。

「是這樣的，看你的臉上有一些痘痘，想請問你平常有在保養嗎？」她說，充滿機械的說法。

『沒有，完全沒有。』我說，大概是來推銷美容保養品的吧，之前也在賣場前遇過。

「呃……你是住在304號房的先生嗎？」她說，突然間聲音轉了調，變正常了。

我只是充滿疑問的抬頭望著她，我是住304號房沒錯，她怎麼會知道？

「我是住在106號房的，你的鄰居，之前看你出入過好幾次，剛剛在外面我就在懷疑了，沒想到遇到住在同一棟的人，真是太巧了。」她說，好像真的很巧。

「是這樣啦，我在打工，就是對面那家美容保養品啊，貴得要死，把人拉進去聽介紹是我的工作，他們好像很賺，在旁邊聽都是幾萬幾萬的保養品就這樣賣，不過就是洗臉跟擦臉的保養品嘛，真的是騙人的，放心啦，我不會跟你推銷也不會介紹，嘿，你很完整嗎？」

『完整？』我充滿疑問的說。

「就是⋯⋯不是支離破碎的人，我也說不上來，就是⋯⋯你不是殺人犯吧？」

『我想不是。』這點我還是有自信的。

「那偷竊呢？嫖妓？」

『沒有。』

「現在在做什麼工作，為什麼這時間會在這裡，是要買東西嗎？」她接著說。

『我現在沒有工作啊，既沒有妨礙到誰也不會造成誰的困擾，我只是沒有工作而已。』對，我沒有工作，這沒有什麼對錯，雖然說一定要工作，也不用急著現在找工作啊。

『我很完整，雖然抽菸，但不喝酒。養了一隻貓，雖然住的地方不大但該有的都有，我接納著自己，排斥著他人，與其說是個好人，倒不如說是個無惡的人，妳呢？妳完整嗎？』我說，雖然這樣說，但內心沒什麼自信。

「我是殘骸喔，真正意義上的殘骸，不過有空再跟你說，我現在必須去拉客人了，你看，有人走進來了。」她指著門口，確實有一個年輕男性走進來。

「我叫 cecilia，我們會再見的。」說完她就拿著資料在另一桌坐下。

而我的咖啡也送來了，一邊喝著咖啡，一邊看著她熱心的講些什麼的樣子，cecilia 到底什麼意思我也不知道，總之有一位二十歲左右的女孩住在我樓下，106號房，大概就是正下方吧。回去再看看，於是我把咖啡喝乾，在櫃台付了錢，便往賣場走去。

回到家的時候已經是下午的4:31，結果也沒買什麼，只是一些罐頭還有兩手六罐裝的百事可樂而已。我事務性的把罐頭排在櫃子上，可樂冰到冰箱裡去，「嘿，你完整嗎？」我不確定，她說的完整到底實質上指的是什麼東西，這讓我有點好奇，畢竟我是第一次被人問說完整嗎，我認真的思考了一下，現在三十二歲，家庭上雖說不完整不過都是孩提時期的事情了，距離現在很遙遠，一個姐姐，不過也很少連絡，學生時期被稱為天才但出了社會就什麼都不是，搞到現在連個工作都沒有，學生時期的同學現在都成家立業了，只有我還是孤身寡人一個，沒有稱得上算是朋友的朋友，至少近五年以來沒有任何一位友人拜訪過我，如果只說家庭，我確實是支離破碎的，如果說人際關係，我也近乎是像散落在地上的零件一樣，但有一點，就是我從沒做過什麼虧心事，學生時期沒作過弊，畫圖也都靠自己，雖說沒告過白但也沒被告白過，出了社會一步一步的做，從基層開始腳踏實地，雖說現在沒工作但那時可算是慢慢升職，這一點我很確定，這樣我算是完整的。

但，這一切只是兩年以前的樣子，我自從因公受傷之後請長假，之後就再也沒有回去過了，不知道從什麼時候開始就被替代了，想回也回不去。雖說有一定的存款，但正逐漸消耗中，我正往一無所有前進。這樣一想，我可以說是完整了三十年，然後正一片一片的剝落中。

對於心理疾病上的處理，因為我到現在已經完全不吃任何有關這類的藥物，所以在表面上我覺得我已經完全好了不再需要醫治。一直到了最近，一些異常的生理行為（這類的生理行為不知道為什麼都是可以被心理環境所帶出來的生理行為），讓我開始覺得，其實我並沒有好。『其實我並沒有好。』只是我讓自己習慣那個已經病態的心理而已，這只是一種習慣而已。但這樣想的同時，又會想到既然這樣糟的心理可以被習慣的話，那是不是根本就不是一種病了，就像生理病痛這樣是無法被習慣的一樣，心理也應該無法被習慣吧。還是說，我已經到了不需要止痛藥就可以與病痛共存？不可能。我自己知道我並沒有強大到這種地步，因為我是個平凡無奇的人。既然沒有嚴重的影響到現實生活，那麼我就會允許這樣的情況。

我已經摧毀了類似芯的東西。

莫名的恐懼感降臨。

我不想再多想，看了時間，下午5:19，算了，就這樣睡吧，睡久一點半夜可以醒來，還可以做很多事情，cecilia，塞希莉亞，我想。

小時候很喜歡喝可樂，因為喝下去有氣泡很舒爽，夏天冬天都喜歡喝冰得透透的可樂，那種從冰箱裡拿出來五分鐘開始從瓶蓋滑過瓶身的曲線的水滴，不知道為什麼非常的吸引我。

到了高中覺得自己應該逞強像大人一點，所以去喝啤酒，其實酒精本身並不吸引我，我只覺得頭昏腦脹沒有一點開心，也不是那種喝多了會改變心情的人，但我還是繼續喝著酒，並在二十出頭的時候轉向威士忌，也沒為什麼，即使已經出社會可能有點像大人的樣子了，但內心還是在逞強像大人，然後在不經意之間感覺到『啊，原來我喜歡的已經從可樂變成酒了啊。』就覺得自己已經長大了，相聚乾杯派對的飲料從可樂變成酒好像很像大人，嗯，大家都了解。

長大這件事情在一般性來說，是外人的感受（當然我不是指外表的長大），我試著說明。

為什麼說一般性，因為大多數都是如此。也許你今天剛出社會在外工作了兩年，有一點收入存了些錢，跟同事上司能相處得融洽，那麼別人就會覺得你長大了。就是這麼直覺性的東西，會這樣覺得的通常是你的父母，長輩，不熟的親戚，道德觀告訴他們在持續工作就是長大了，也許父母觀察得比較詳細，會覺得你的處事比較圓滑，或者時間性的掌握精準，雖然可能比較詳細，但外人終究是外人，不會覺得這些只是一種社會化的過程。

那麼問題來了，社會化就是長大嗎？

我不知道，但我可以肯定的一點是，你在一個人獨處的時候，社會化這一點是不會存在的。

就像我現在喜歡的飲料跟小時候是一模一樣的，對於個人，是幾乎沒有長大這種東西存在。

不要說你三十歲你就長大了，那是不存在的，可以說你長大的，只有別人，對外的長大才是比較可以建立在年齡基礎上面，社會化就是長大，而且年齡大了也有一種好處，就是看起來像是大人很容易，就像在高中的戀情永遠都是戀情，你到了三十歲的戀情就有可能會變成婚姻，要結婚生小孩是憑年齡在做決定的，一切都是年齡的錯，被忽略的是自己希望的可能只是個戀情。當然這只是舉個例子，但大部分會往這邊前進是沒有錯的。

所以到底怎樣才能說自己長大了呢？

嗯，你自己永遠沒資格說自己長大了喔。人是不會真正長大的，只有想變成什麼樣，也許底下有朝著夢想前進的腳步，也許底下有為了別人的委屈求全，但沒有一種模式是真正被歸類在長大這件事情上，有的只是被社會淹沒的社會化，還有喜好的轉變，放棄掉了什麼又撿起了什麼，然而這只是事件的重複性，或者複雜性的提高，你當然很有可能從中得到了什麼學習到了什麼（學習並不是都是往長大那方向前進，只是把複雜性降低），但那也只是開啟了下次的重複性而已。

喝的飲料從可樂變成了啤酒，再變回了可樂。

我坐在電腦前，曲子換到了9mm Parabellum Bullet的〈カモメ〉（海鷗）（Strings Version）。

沒錯，我現在三十二歲，一直覺得自己還是那個高中的自己（因為我高中開始才總算開始有記憶這項東西），但我由於吃藥的關係，記憶變得非常片段，自從出了社會之後，記得的事情只是零星又瑣碎的生活日常，而至於哪個在前哪個在後，正確的順序我排不出來。

我試著走進浴室，照照鏡子，好像覺得自己還是以前的那個自己，每天都在照鏡子，變化感覺就不是那麼大，修得工整且短的頭髮，刮不乾淨的鬍子（因為刮鬍刀不常換），五官在這個臉型上顯得明顯，輪廓深，社會化的一個高中生吧，雖然我不知道在別人看起來是怎麼樣，但我只是覺得自己是歷練的學生，嗯，總而言之我不喜歡喝酒喜歡喝可樂。

再度翻開求職的資訊，然而還是一堆亂碼無法理解，算了，我往後坐倒在椅子上，然後我想到了 cecilia，不知道她現在在做什麼？時間指著下午 1:25，大概又在賣場前拉客人吧，用她機械式的聲音推銷著保養品，到底有誰會真的被她說服而消費呢？我心存疑慮。距離夜晚還有將近五個多小時，我打算打掃一下家裡，把耳機從電腦插回 iPod，選了 Aimer 的〈ONE〉，開始拿起掃把掃過每個角落，雖然說距離上次打掃不到五天，不過有時間我就打掃這是我的準則之一，掃完之後用一點洗碗精加水的泡劑仔細的拖過整個地板，再用玻璃清潔劑擦擦窗戶跟鏡子，浴室則用清潔劑全刷過一遍，重新排過罐頭跟飲料，用清水慢慢的洗米，二匙米，我一個人來說足夠了，把洗好的米放到電鍋裡，把晚餐要吃的罐頭排在桌子上，確認可樂冰得透了，再把垃圾全部裝在垃圾袋裡，綁好，不多，一個便利商店的小袋子就裝得下，我看了下時間，指著下午4:38，好，今天的準備工作到這邊結束，正當我準備去陽台抽菸的時候，房間的門有人敲著，首先我感到疑惑，會不會是自己聽錯了，這裡應該沒有人知道啊，我搬出來住的事沒告訴誰，我望著門發呆，是鎖好的，叩叩聲再次響起，

「嘿，你在嗎？我是昨天跟你遇到的 cecilia，哈囉？」

『喔，妳稍等。』我想了想這樣回答，應該不是什麼壞人吧，至少我是這麼想的。於是我打開了門。門外的 cecilia 穿著簡單的T恤配著牛仔裙。

「我下班了，你很無聊吧，我帶了啤酒來喔！」說著她拿起手上的便利商店袋子，半透明的看得到兩罐 Budweiser 百威啤酒，她笑著。

由於房間剛打掃好，所以隨時可以讓人進來，我就請她坐在床上，我則隔著一點距離在電腦前的椅子上坐下。

「外面好熱，趕快來喝啤酒！冰得透透的喔！」她給我一罐，我雖然很久沒喝酒了，不過現在這個時間這個季節，確實跟啤酒蠻配的，雖然我是屬於喝一點就會暈的類型，不過在自己的房間有什麼關係。

「嘿，你叫什麼名字？我還不知道怎麼稱呼你呢！」我沒有名字，我就是我，名字這個東西我已經捨棄了，妳想怎麼叫就怎麼叫吧，我說。

「可是你從小到大沒什麼綽號之類的嗎？比如說百威之類的。」她指著啤酒。沒有，我說，從小到大沒有什麼人熱心的幫我取過綽號。我一直是我。

「嗯……我先生。」說完她笑了。「簡直是村上春樹的小說嘛，我，沒有名字，主角都沒有名字的喔，你知道嗎？」我知道，我看過他的書。「總有一天我要幫你想一個綽號，一直叫我先生這樣好彆扭。」

『那麼妳今天有什麼事？一個女生敢敲男生房間的門，不怕嗎？』我說。

「你是好人，我知道。」她說。「你叫我 lia 就可以，嘿，你從早上到下午都在做些什麼啊？一直都在家裡嗎？」

『對啊，偶爾去陽台抽抽菸，其餘時間就在電腦前面找找工作，聽聽音樂，順便打掃。』我說。

「對了，你昨天說你沒有工作，那這樣生活過得下去嗎？有足夠的錢用嗎？你說的沒有工作，是指無業狀態吧，持續多久了？」她說。

『快兩年了，雖然偶爾會出去做做計時工，但都做不久，錢還可以，夠用，妳不用擔心。』

「喔……快兩年，這時間挺長的，你不喜歡工作嗎？」沒有人喜歡工作，我說，雖然說一定會工作，但也不用急於現在，工作就是為了持續性的得到報酬而衍生出的持續性勞動而已，沒有人會想做的。

「持續性的勞動。」她想了一下。「確實是這樣沒錯。」說著她笑了。「嘿，現在幾點了？」

我看了看時鐘，現在下午5:26，我說，快晚上了。

「喔，我要去吃飯了，雖然沒有跟誰約好，但飯一個人吃也是吃得很香喔。」她說，我也認同。

「我先生，你完整嗎？我昨天問過你，你還記得嗎？」記得，我說。

『我過了三十年完整的人生，然後在我離職的時候我就開始剝落了，不完整了喔，慢慢的，花時間的，算到現在也要兩年了，這兩年之間我逐漸走向破碎之路，妳說妳是殘骸是什麼意思？』我試著問，她昨天確實說過她是殘骸。

「有機會再跟你說，我先生，之後我可以再來敲你的門吧？會讓我進來吧？」

『會啊，沒有問題。』我說。

「好，那我先走了，逐漸破碎的我先生。」說完她把啤酒喝乾，把我的空罐也拿去之後裝在塑膠袋裡就這樣走了，房間門關上之後，遠處的狗正在叫。

喝完啤酒我想躺一下，但不得不先抽菸才行，我剛剛打掃完到她離開我都沒有抽菸。

時間指著6:02，我坐在陽台邊，我點上菸之後望向可見的道路，不知不覺間飄起了雨，天也開始變黑了，夜晚即將到來，那裡有誰正在站著，夜晚的雨裡，有個老人撐著傘正在遛著老黑狗，看不到頭髮白的程度無法判斷年紀，只知道是老人，我長時間注視著那背影，孤單的背影，讓我想到已經過世的外婆，她以前也常常遛著狗，在傍晚時分，不知道為什麼有點同情這個背影，駝著背，被雨淋濕的老黑狗，四月，我想，這簡直是某個悲劇故事裡出現的場景，大概過了三分鐘還是四分鐘，老人終於走了，撐著的傘始終遮著頭髮，不知道為什麼心裡有點沉重，我走回房間內，坐在床上，戴上耳機，選了 Pay Money To My Pain 的〈Same as you are〉，只是想著老人與老黑狗，跟這首歌很合。聽完我就摘下耳機，不得不吃飯了，我想。

我並不是說沒有友人，只是些許，時間都過了。

在我二十代初期還算是有蠻多朋友的，遊戲啦，網路啦，同學啦，同事等等的。那時候還住在城市裡面，算是相當繁華的都市，朋友也大多都在那裡，有時候下班或者放假的時候就會聚一聚，聊一聊工作上的苦悶，與另一半感情等等，但，我始終不太說自己，只是默默的聽著友人說，或多或少，跟我的過去有點關係，被蒙上了一層灰色的過去，雖說並不覺得自己是悲劇的主角，但那些知道我過去的友人們，自然的會巧妙避開我的過去，當然也跟他們只向前看有點關係，總之我們就是聊聊現在的事情，還有未來的願景之類的。雖然已經不太記得了，因為那時已經開始服用藥物，但一些有斷點的事情還是記得，比如說早婚的友人的婚禮，向我推薦直銷讓我失望的友人，還有在生病中的自己在半夜吵著友人的自己等等的。

我看看我的手機，上面跟友人的對話紀錄上一則是三年前。是因為工作上的關係連絡的，並沒有什麼特別的事情，只是單純的事務性連絡。再早有什麼聚會或者見面已經想不起來了，至少有五年了吧？從MSN轉變為手機的時代開始之後，我就不再怎麼熱衷於聊天這件事了，我也沒有特別要跟別人講什麼，生病的時候該發洩的都發洩光了，工作平穩而踏實（那時候），不知道為什麼，現在特別想跟人聊天，到底是為什麼喔？我真的不知道，我只是想對誰說出『嘿，你最近好嗎？現在在做什麼？』這樣的話，『在看什麼樣的劇啊？在聽什麼樣的音樂？』當然我最後看了看手機，滑過一遍友人的連絡方式，並沒有付諸行動。真該死，我想。都過這麼久了，再去跟友人連絡對方只會不知所措而已，說不定他並沒有在追劇，也不聽任何音樂，如果是這樣的話我該怎麼辦？算了，我放下手機，往後躺在床上，戴上耳機，選了 hyde 的《ROENTGEN》無限循環。嗯，現在這種感覺很適合這張專輯，輕輕的唱，雖說這是很久以前的專輯了，但我的 iPod 始終捨不得刪掉這張專輯，我閉上眼睛，隨著音樂巨大又溫暖的睡意襲來。

等我睡醒的時候，天已經黑了，我看了看手機，時間指著晚上7:52。沒有吃藥就這樣睡著了。雖說沒有睡很久，但也過了吃飯時間，並不特別想吃飯，不餓，音樂不知道什麼時候已經停了，大概是下意識按暫停的吧，或者是半夢半醒之間，因為沒吃藥就睡著一定睡不熟，以過往的經驗來看只是前一晚睡得不好或者只是太閒沒事做為由的睡眠，反正也沒有任何預定，就讓時間這樣過吧，大不了今天晚一點睡。

我走到陽台去抽菸，坐在那張搬來就在那裡只是無機能性的板凳上，想一想下午的事情。『友人』。我不知道未來會怎麼樣，只是現在覺得這個詞離我特別的遠，就像鄉愁一樣，毫不復在了。我擰熄第二根菸，正準備打開房門的時候，貓也跟著一起回來了，這麼一說好幾天沒看到貓了，我平常就會讓牠從陽台出去，但這麼久沒回來是第一次，我也好像沒發現一樣，我想想，至少三天了喔？這麼說來是去展開新的冒險了嗎？我看了看路燈，正在發揮它最大的可能性然而已經慢慢消落那樣的路燈，我搖搖頭，讓貓進來，我也關上房門，放著貓飼料的碗還滿滿的，貓砂也沒有變過，即使貓很久沒回來了，我也沒有什麼感覺，只是搔搔牠的下巴，拍拍牠的頭，牠也只是瞇細了一下眼睛，就往牠平常窩在床的角落那裡前進。無感，究竟要持續多久，沒有友人，沒有任何有交集的人，就連便利商店的店員也不認識我，我只是想了想，還是不餓，不想吃東西，時間指著晚上的9:03，我坐在電腦前面，戴上耳機，選了the GazettE的〈Calm Envy〉。我正在慢慢的剝落。我想，即使想到了也不想做任何的變化，我只是任憑它恣意生長，至於要長到什麼程度，才會像漲潮那樣退去，現在的我還不知道，也不想知道。未來會如何變化？會改變嗎？我再次拿起手機，看著最後一則訊息，「好，見面再談。晚上八點在火鍋店喔。」友人這樣說，我並沒有回他訊息，甚至連我到底去了沒都不記得。我放棄思考。去了平常去的便利商店，特別想喝酒，買了便宜的小瓶威士忌跟可樂。時間還長得很，就讓它生長吧，在回來的路上我這樣想，真的沒關係，時間真的還很長。

我還是我，那個『逐漸破碎的我先生』。

我打開威士忌的瓶子，在平常裝咖啡的馬克杯裡注入一半，然後用可樂把杯子裝滿，花時間慢慢的喝，雖然說酒精並不會改變我的心情，但有的時候就是特別想喝酒，並沒有什麼理由，這時候特別需要一個人，那種寂靜得可怕的一個人，就像冰冷的海底一樣，一切的一切都被阻斷了，我喝了一口威士忌，閉上眼睛，想像那裡是海底，但被沖淡的酒精襲來，就像是要把我拉回現實那樣，無情的，我看了看床上，貓還躺在那裡，算了，反正牠也不會有任何聲音。

時間指著晚上的11:26，現在不要有音樂比較好，暫時之間，我只是恍惚的望著貓。

2

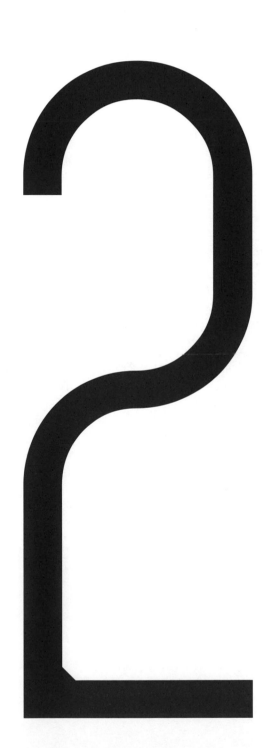

清晨，時間指著早上的7:45，我為了排遣昨日的寂寞，坐在陽台，想著一些以前的事情，抽著菸。

在記憶某件事情的時候，會選擇額度進行儲存。

畢竟不是每件事都是自己想去記憶的，對於這類的事情，很有可能放到記憶裡之後過沒多久就立刻消失了，其實就算是自己主動想記的東西也很有可能下一個點就湮滅，所以我幾乎沒記得多少東西。對於這種無力的感覺最明顯的時候開始，是在出社會之後，詳細點說，就是開始吃藥之後。

然而對於吃藥與否我不是很關心，我想要說的是記憶這件事。

現實上不可能所有的事都記起來（也許有人可以吧），對於有趣的事物，碰到的經驗，還是喜歡的人，我會選擇類似放到抽屜（嚴格來說是抽屜並不是倉庫），在當下只是把時間，地點，物品貼上簡單的標籤，管理之後放在桌上，最後在晚上睡覺前把它收進抽屜裡面去，在特定的筆記本上（或許有專門的筆記本吧）把自己認為的那一面花時間刻進去。

這樣的筆記並不是隨時在頭腦裡，我的頭腦沒有辦法放那麼多東西，抽屜本身也不是在頭腦裡，要說明可能有點難，它像是某種已經透明化的粒子懸浮在空中，在我身邊繞著，像是爸爸媽媽對孩子說的那樣，人死掉之後會化作空氣隨時在你身邊唷。也許就是這麼童話的存在在我的身邊，在我想要翻取記憶的時候它便會像動畫那樣從小小的一個點漸漸實體化成某個沉重的東西，找到筆記本看到上面的標籤翻開那一頁，『嗯。』這樣的細節，這樣的故事，像是骨董收藏家在細數自己的收藏一樣，我打開閱讀燈，翻開筆記本，哪個地方有像是淚水的痕跡，筆的墨水在寫的時候停頓所遺留下來的痕跡，紙張被大量翻閱所產生的皺褶痕跡……像是這些痕跡也是記憶裡的一部分，完整（我想應該不完整）的被寫進故事裡。我就是慢慢的累積這些東西，該消失的讓它消失，該留下的自然會留下，站在坑與坑之間突起的地方，把東西往兩邊丟下去，以我自己的方式。

這樣的形式已經不是很順利，在短期記憶被用菜瓜布刷過之後，湮滅的記憶時常就這麼石沉大海，以至於無法順利的放到抽屜裡，可能還沒貼上標籤就已經完全不記得了。雲端還是指尖上的記憶，讓我無法順利長大，為什麼這麼說？因為我可以肯定的跟你說，我現在可以拿出來翻的記憶，只有學生時代的種種而已。出了社會之後到現在十年，這十年之間我幾乎沒有擁有所謂的筆記本，也許只是剛買回來的筆記本跟剛買回來的鉛筆在上面簡單的寫上自己的名字，之後就這樣被擱置在某個書桌的角落，到現在筆記本的封面已經風化但內頁還是跟新的一樣。跟新的一樣，嗯，書沒有按照編號排列，白色的東西遇上雜色的東西，碎裂的馬克杯，壞掉的燈泡，『這裡還有空位喔，先生。』

我擰熄掉第三根菸，走回房間去，看了看手機，並沒有什麼特別的事情，時間指著早上的8:01，接下來要做什麼呢？打掃？聽歌？就在我猶豫不決的時候，房門響了，叩叩。cecilia 吧。打開房門，她站在門口。「嘿，我今天放假，想來找你聊聊。」好啊，我說，就讓她坐在床上，我則依舊坐在電腦椅子上，並沒有看到貓，又出去玩了吧。

「不好意思，沒有帶東西過來，其實應該帶早餐的。」她說。

『沒關係，我不餓。』我說。

「是關於前幾天說的殘骸的事情，我想從我小時候談起，可以嗎？也許很花時間喔，但我想跟你說，因為總覺得這種心情，不知道為什麼你應該可以體會。不好意思。」她說著好像真的很不好意思的手搔著頭。

『好啊，妳慢慢說，反正今天我沒有任何預定，我剛剛還在想我該做什麼好，妳來真是太好了，我是打從心底這麼覺得喔。cecilia。』

「叫我 lia 就好啦！嘿，你有看過坂元裕二的《それでも，生きてゆく》（即使如此，還是要活下去）嗎？是一部日劇，探討被害者家屬與加害者家屬

的，非常好看，如果你沒看過的話，我建議你去看，我會想這樣說自己以前的事情，也是看了這部劇的關係，深深打動我的心喔。覺得世界好像就這樣塌下來也沒有關係，是這種程度的感動喔。」

『我沒看過，我會找時間看的。』我說，關於日劇，我多少有看一點，但我比較喜歡宮藤官九郎，不過關於這點我並沒有說。

「是這樣的。」她清了一下痰。

我想，我的心死了。

因為我殺了我母親。

雖然說不是親手殺的，但是等同於我親手殺的沒兩樣。

幼稚園中班的時候，某天，媽媽在來接我的途中，被卡車撞死了。在來接我的途中。

於是那漫長的一天就開始了，在幼稚園門口等不到媽媽，等著等著，雖然還小，但是我已經發覺了哪裡不對，最後哥哥哭著跟小舅媽一起來接我，那時的我還沒察覺，是自己殺了自己的母親這件事。

大約是到了國小中年級的時候吧，考上了美術班，開始覺得，媽媽的臉已經記不得了，只記得小時候在家爸爸和媽媽讓我一個人在別的房間睡，然後我摔下床頭敲到地板好大一聲，爸爸和媽媽跑過來看我的這件事，但是媽媽的臉我始終記不起來，記憶太模糊。我開始思考，那漫長的一天，寫著無關緊要的功課，為什麼媽媽不來？在喪禮的時候被別人告知媽媽是車禍死的，那到底是為了什麼而出門的？雖然我已經忘了，但我那時下的結論是，媽媽是來接我的，是我害死了母親。

之後，我就懷著加害者跟被害者的身分，只是傻傻笑著，一邊在心裡咒念自己和別人，一邊渡過了我的學生時代。由於美術班算是資優班，我暫時念著書，暗戀別人還有被暗戀，邀朋友來家裡過生日，去別人家裡玩，笑笑的，看起來很笨，我只是在裝而已，其實我心裡只是想著，你們懂什麼？這點程度的小孩根本看不出來，然後一直到了高中，那時候高中的美術班是放牛班，原本的同級資優生換成了程度更低的不念書的小孩，我終於可以混進去，不再傻傻笑著，學了蹺課，去網咖泡整天，那時候也有一些奇怪的叔叔來找我，因為上課時間在網咖的少女並不常見，他們可能覺得可以花錢跟我睡覺吧。也導致了我高一念兩次，舅媽跟舅舅挺身而出幫我，不然我是個只有國中學歷念不下高中的壞小孩，換了個家庭，讀過幾次書，最終，還是放棄了我，不再看著我念書，只是讓我在房間裡面玩電腦跟畫畫，那時候交了個男朋友，但我根本只是假裝著沒事活下去，我只是在想「你們懂什麼？」，雖然家裡的人絕口不提母親的事，但我還是經常想起，那模糊的母親的臉，那漫長的一天，加害者與被害者，矛盾。「我這樣看起來真的沒問題嗎？」建立起與人的隔閡，只是敲著鍵盤。「你們真的懂這種感受嗎？心裡缺一個洞，像死掉一樣。」慢慢的到了大學。

大學由於我的術科算好，考到了國立的大學，宿舍的室友是程度更低的體育系的學生，我又可以再度混進去。跟他們喝酒，打電動，沒有人管真好！所以我的大學也只持續去上了兩個月還是三個月，就不再去了，最終當然是退學，原因只是覺得，我不想再畫畫了，每次都畫一樣的東西，雖然得心應手，但一點興趣都沒有。身邊又再度變成了一群壞小孩，我再度的混進去，一個朋友也沒有，持續的保持著與人的距離，持續一邊嘲笑他人而活下去。當然，只是在心裡的。邊吃著抗憂鬱的藥，自由了。

這算是一個很大的分歧點，因為吃藥的關係，不只抗憂鬱，還有安眠藥。「我終於變成神經病了啊！」這樣離死應該不遠了，我自殺未遂，醒來看到陌生的天花板，只是覺得，要自由控制死亡這東西，要拿捏無痛而死的程度，我大概一直會關注著這一點而暫時活著吧。

藥的關係我變得無法控制，在睡前不斷的哭，哭到我現在已經絲毫流不出半滴眼淚這樣的哭，一邊騷擾著別人，騷擾著這世界，我開始變得很敏感，光，人，距離，我也變得無法正確掌握與人類的距離，一下很親近，一下又覺得人噁心。「我已經無法再耍什麼小聰明了。」「平等的狀態下，就不用混進去，只要冷眼看待就好。」我暫時忘了母親的事，只是盲目的活著，去都市，回鄉下，又再去都市。我了解了現實這東西，並且在夾縫中鑽了無數次。我開始寫文章，開始看書，那時候也得到了不少的迴響，但那並非是我真正所想的，只是斷片的碎片而已，雖然我已經漸漸遺忘了母親，但我還是苟活著，富有過，也窮過，亂花錢，連飲料都買不起，我終於吃超過了吸毒犯的藥量，連工作都不要我了，帶著零存款，又回到了鄉下。

回到鄉下之後，我每個月只拿著叔叔給的三千塊而活著，我又開始以加害者兼被害者的身分活下去。找不到工作，不想找工作，因為沒有錢，在現實之下，我每天只是看著小小的 iPhone 4S 小螢幕看著日劇，雖然以前就看，但這時候我知道了坂元裕二，知道了宮九，認識了木村大神，也知道了滿島光。我真的每天都看日劇，躺在沒有冷氣的二樓小房間。季節轉換，這時候開始覺得「這世界與我已經沒有關係了。」「啊，這樣絲毫沒有幸福成分的活著最適合我了。」但同時也深深覺得，自從吃了藥之後，腦袋也開始變得鈍鈍的了。吃藥，看日劇，睡覺，開始有了藥物上的帕金森氏症，然而我只是覺得這很正常。漸漸的同學們已經不再連絡，因為大部分都不在鄉下，也有結婚的了。網友們也一個一個消失，MSN 中止，我也不再寫文章了。這樣的孤獨感，我覺得很熟悉。「那不就是我想要的嗎？」就這樣過了三年。iPhone 出了6，人人都是大手機，只有我，還在用小小的螢幕刷著日劇。在鄉下迎接我的後半人生。

契機大約是我又跟舅媽連絡了，他們說「人就是要獨立啊，搬出來住吧！」那時候也找到了工作，我就在我的新家開始了新的生活，106 號房喔。

每天往返著不算短的距離，一邊開始了接觸人群的工作，一邊開始寫文章，也遇到了現在的男友。我的人生似乎開始有了新的模樣，似乎是找到了活下去的意義。我雖然依舊吃著吸毒犯的藥量，依舊有藥物上帕金森氏症，但同時，我也能掌握目前看起來是正確的與人的距離。人不再遙遠，只是像繫上蝴蝶結一樣，需要同時出力拉一邊，再繞個圈就完成了。雖然也換過工作，但還是過得去，只是，我又從接觸人群回到了只有男友的地方。有工作，努力完成，有興趣，大量聽音樂，也開始有錢可以每天喝飲料。

從理所當然的狀態下變成凡事都要考慮到別人的感受之後，我開始有了壓力，每天只是小心翼翼的往返著工作場所與住所。同事都是異樣的存在，我不想與他們接觸，因為我本來就不太說話，我開始想起了母親那模糊的臉。也開始幾乎隨時懷著「是我殺死了母親」這樣的想法。每次天氣熱出去吃冰的時候，我總是會想：「我不能這麼幸福。」也開始斷斷續續的有斷片出現。我又回到了小學中期所懷有的念頭「你們懂什麼？」，一邊擔心著一邊活下去。我開始不太聽音樂，也沒了興趣，開始不寫文章。開始每天只是在工作與不去工作之間徘徊，最終，工作也沒了。一切都沒了。每天像幽靈一樣的飄來飄去，不是發呆的坐在已經脫皮的椅子上，就是躺在床上。我的人生毫無目標，錢也沒了，一切都沒了，我終於死了，只剩下軀殼，「就像遺留在頂樓上已經沒用的那一雙鞋一樣，我赤腳站著。」

我已經死了。「我終究只是個殺人犯而已。」

「你懂我的感受嗎？海盜先生。」說著她指向我。

我暫時之間說不出話，只是望著 cecilia。『為什麼叫我海盜先生？』我問。

「你有玩過整人玩具嗎？插著一堆刀插錯了就會彈出來的那個，我覺得你的感覺就很像在桶子上等人出錯的海盜先生，雖然我不太會說，不過我第一眼在賣場的外面看到你的時候就想到這個玩具。以後就叫你海盜先生了喔！多指教！關於我的事情……還沒有全部說完，才說到一半而已，以後有空再跟你說，現在我只想喝杯冰咖啡，便利商店的就可以了。」

『我可以幫妳泡杯咖啡，雖然我沒有冰塊。』我說，我也想喝冰咖啡。

「沒關係，我肚子也餓了，想去吃早餐，嘿，海盜先生，我之後再來找你，可以嗎？」

『當然可以。』我說，畢竟我也想把話聽完。

「掰掰，下次見！」她揮揮手，拍拍裙子，起身毫不猶豫的就出門了。

房門關上後，我戴上耳機，選了 Aimer 的〈今日から思い出〉（從今天開始的回憶）Evergreen ver.。我喝著便利商店買回來的冰咖啡，想做點什麼事情，和以往不一樣的。於是我坐在電腦面前，想打打文章，但想想就作罷，最近並沒有什麼事情，除了 cecilia 跟我談起她的過去，『這是個人的隱私，她只是跟我說而已。』然後我想了想我是不是應該跟她說些什麼呢？鼓勵？我做不到。我只能與她共享她的故事。耳邊的音樂轉到了 MUCC 的〈小さな窓〉（小小的窗）。

然後我走到陽台去抽菸，遠方有車子的引擎聲，下午的陽光正照射著這個街道，我擰熄菸，走回房間，時間正指著下午的 1:58，該吃點東西了，但我沒有煮飯，直接吃罐頭也不是我想要的，一定要配飯，不然吃不下去，沒辦法我只好出門去便利商店，途中經過了 cecilia 的 106 號房，我停下來，想聽聽有沒有聲音，我站在門外，裡面沒有人的感覺，去上班了吧，我想，在去便利商店的路上一個人都沒有遇到，下午時間，上班族正努力的在電腦前敲著資料，而我正漫步的要走去吃午餐，到了便利商店，選了漢堡，想著要不要再買咖啡，但作罷，『一天兩杯就好了。』結帳之後我走出便利商店，在回家的路上一樣一個人都沒有遇到。

常常覺得自己現在做的事情非常奇妙，通常是在白天的時候。

這種感覺幾乎近幾年來在白天的任何時刻都會發生，不管是在騎車，逛街，還是在吃飯的時候，會感覺到類似不知道幾世紀之前某個當時不被世人所承認的科學家發現了某個流傳至今的原理一樣，嗯？我竟然在騎車？會完全沒有實體在騎車的感覺，而是在做著其他也不知道到底是什麼的行為，我只是轉動把手，車子竟然就會自己移動，我側向某一邊車子也跟著一起轉彎。打方向燈，煞車……零碎的行為構成『我正在進行騎車』這個行為，然而進行著這個行為的我卻完全不知道自己在做什麼。逛街逛到一半突然停止腳步，腦中的一條基準線會瞬間斷裂，眼神瞪大著沒有任何焦點，肌肉僵硬感覺到某條神經一直在抽動，呼吸困難簡直像發了什麼奇怪的病一樣，最後在感覺不到時間流動的情況下突然驚醒，一邊像從夢裡驚醒的人在摸索著一直到剛剛都還在進行的夢的碎片，記憶的碎片，往往不太順利只能清楚剛才大概是在作夢吧，然後繼續進行著騎車，逛街，吃飯這種已經老早被名詞所框住的東西，莫名其妙的，不重要的，類似像壁癌這樣寄生著令人討厭的，行為。

我選了 Aimer 的〈誰か，海を〉（誰在海邊呼喚我）。想著這些零星的事情。

暫時想不到任何事可以做，我放棄似的躺在床上，繼續剛剛的思考。

後來會回想起來，通常是在晚上抽菸，看書，或者是在床上準備入眠的時刻。『我到底在做什麼？』這樣的疑問浮現出來之後，通常只會想到『我只是因為在白天齒輪還沒有接上縫隙，不正常的運轉著而已。』

沒錯，我到現在還是一樣。認為白天的時間就跟白天所放的煙火一樣。

錯誤的時間做著錯誤的事情，所以會不知所謂，然而因為發生的時候是在錯誤的時間，無法做出正確的反應，造成了類似困惑的感覺，眼睜睜的看著咖啡翻倒在白色的布上，眼睜睜的看著那奇怪的東西慢慢擴散侵入破壞本質然而自己什麼都無法做。

每當某個夜晚懷疑著白天的時候，就會產生一段故事。

這個故事非常的無奈也很平常，就像某個偏遠鄉下的公車站牌一樣。公車只有規律的發出引擎聲，把這一批人從一個地方移動到另外一個地方而已。

我很喜歡陷入這種類似漩渦的思考當中。

然後繼續想像著自己不告訴任何人抱著這樣的故事慢慢死去。

當 cecilia 來的時候，我正在電腦前聽著 Oblivion Dust 的〈You〉。

她叩叩了兩聲之後，我打開門，穿著條紋的小洋裝，可能剛結束什麼行程過來的吧，我想。我示意要她在床上坐下，我則依舊坐在電腦椅上。

『怎麼啦？今天不用上班嗎？』我看了看電腦，時間指著下午的 2:06，這時間應該在上班才是。

「我請了假，剛剛男友送我回來，我們一起去吃飯喔，那種預約很滿的小店，他好像很早之前就預約好了，雖然稱不上驚喜，但我蠻開心的。」

『開心就好。』我說。真的開心就好。

「海盜先生這幾天在做什麼？」

『抽抽菸，喝喝咖啡，沒什麼特別的，妳呢？最近在做什麼？』

「我也沒什麼特別的，上班，回家洗澡就睡，就這樣而已。」

「嘿，海盜先生相信世界末日嗎？我相信，而且就在不久之後。大概是明年的這個季節。我確切的這樣相信。雖然我不知道會以什麼樣的形式降臨，但一定會來。在這之前，我有些事不得不做，如果不做的話我會後悔一輩子，正確來說是相當短暫的一輩子，但誰都一樣，會在同一天死去，沒有所謂公不公平的，只是時間在那個時間畫上終點，這麼一想的話蠻輕鬆的，不用老去而死，只是咻一下的就不見了喔。」她堅定的說，好像要說服我一樣。

『我也想相信世界末日，畢竟我現在沒有工作，可能暫時也找不到工作吧。如果是明年的話，這樣就可以了。我不用再為了工作而煩惱，只是靜靜的等那個時刻到來。妳說妳想做的事情，是指什麼？』

「算是對過去的一種訣別吧。我覺得必須與自己的過去並存，了解，知道事情的來龍去脈，然後跟它說聲『再見。』再繼續向前。」

『向前？等世界末日嗎？』

「嘿，海盜先生。我現在跟你說的是很深刻的事情。我必須這麼做才行，不然我不知道我會變成什麼樣子，最近一直都抱著加害者的身分活著，我快不行了，已經到了臨界點喔。」

『抱歉，我並沒有什麼意思。』我真的感到很抱歉。

『那麼具體來說，是要怎麼樣做訣別呢？』

「我想找到我母親車禍的地點，問清楚當時的狀況，可以的話也想找到肇事者，當時撞到我母親的時候是什麼樣的感覺，又是為了什麼，之後是以什麼樣的心情活下去的。還有我父親。」她說。

『妳父親怎麼了?』我問說。

「有機會再跟你說。」她把蹺著的腳從右腳換到左腳。「總之我父親也有些事情。」

『嗯……雖然我不知道具體該怎麼做,不過我想我可以陪妳,反正我現在很閒,時間多得是,將來也沒有任何預定,妳不介意我陪妳吧?』我說。

「我也希望是你陪我。我男友就算了吧,他不行,根本上的不行。他既不相信世界末日,也對我的過去毫無感覺,他說現在的我比較重要,但不行啊,我並沒有從過去走出來,現在的我是過去的延續,這件事一定要解決,海盜先生,你可以理解我說的話嗎?」她說。

『我想我理解。』我真的理解,畢竟我的過去也是灰色的。

暫時的沉默。

「嘿,海盜先生。你覺得我很奇怪嗎?」她問說。

『並不會，只是我沒有認真想過世界末日這件事。再說人都有過去嘛，想要切割並且訣別，我覺得是很好的事情。』我說。

「那就好。我必須走了，剛回來的時候流了一些汗，想趕快洗澡。謝謝你聽我說。」她說。

『沒事。』我說。

說完她打開門，準備出門回家。

『cecilia，我會陪著妳，不用擔心。』在她離開前，我好像要說給自己聽一樣這樣說。

「謝謝。」說完她微笑著把房門關上。

房間被沉默所包圍。

為了排解這種沉默的氣氛，我走到陽台坐上板凳，只是把玩著打火機，並沒有點上菸。

外面莫名的開始飄雨了，但時間應該不久，地上乾著的痕跡還留著。

世界末日嗎？

好問題。

我想並不是什麼都沒有，但說真的有什麼……我也說不上來。

微小細微的像是簡單的連連看，從這一點到那一點，中間彎曲了幾次，到了未知的終點。

但我不希望是如此的。我想要的雖然也是點與點之間的東西。但並非如此直接。而是像點與點拉出接近圓形的東西。不管直徑多短，深度多淺，那種類似漩渦的流，沒有中心也沒有停留的空間，位置必須要被定位才能稍微清楚的圓，才是理想（其實應該是現實）的點的構成。

而我在拉出這樣的圓的過程中，遇到的問題就像是那種散落的萬片風景拼圖一樣。

不確實的點，雜亂的點。不知該從何開始也不知什麼時候會完成。

面對這樣的狀況我選擇逃避與沉默。

於是在我身邊建構出的，或者累積出來的。就是那樣的東西。

我有的東西就是這樣了。

但我做不到無視。

那就像什麼一樣在我身邊。

世界末日來臨前，還有事情必須做。

突然驚醒，我從床上蹦起來，手支撐著身體，下意識的往左右兩邊看，但其實什麼都沒有看進去，只是看而已。

上一秒還作著的夢慢慢的褪去，我感覺到時間在走，身體無法順利的移動。什麼時候睡著的？我今天做了什麼？不行，每天都差不多，沒辦法抓時間感，分不清楚的每天刻印著現在的生活，音樂，電腦桌，菸，床，陽台，我只是在這幾個地方消磨世界末日的前奏而已，這麼一說，現在距離世界末日還有多久？

手開始有感覺了，我拿起放在枕頭旁的手機，時間指著半夜的2:21，除此之外手機並沒有顯示任何的東西，只有阿拉伯數字的時鐘隨著我的生活轉動著數字。我深呼吸，慢慢的下床，拿起放在電腦桌上的水杯大灌了一口。剛剛到底作了什麼夢？只記得好像無止盡的在灌注著什麼，但是是什麼？容器？軀體？已經無法想起來，我放棄這個想法，打開電腦，嗶的一聲，電腦開的這段時間我只是調整著呼吸，夢的灌注感已經沒有了，手長期支撐身體的麻痺感也慢慢退去，我把耳機接上電腦，開了iTunes，選了yuiko的〈All your reasons〉，盯著天花板。

要說半夜醒來的經驗，近幾年來已經比較少了，因為吃藥的關係，不太容易醒來，但也睡得不久，因為我並沒有依照著醫生開的藥量吃，一顆的藥我都把它掰成一半，總共加起來只吃了三顆半，我不知道算不算多，不過這也不重要，藥量跟別人比本身就是個無聊的事情，說到底本來是不想吃藥的啊。誰會特別想去吃藥呢？何況副作用這麼明顯，動作變得遲鈍，慢半拍，瞳孔裡面根本沒有映著什麼，只有燈光的反射而已，裡面沒有人，沒有風景，只有燈光，更不用說我又抽菸，手抖得非常厲害，記憶這東西更是一團糟，現在已經想不太起來事情的細節，但這些我已經習慣，變成我生活的一部分了，也不用刻意說什麼。

想出去走走。

並不是事務性的去便利商店，而是看我所在的街道，從陽台看到的，跟近距離看到的感覺一定不一樣，而且現在沒有什麼人，我快速的從陽台拿起了菸跟打火機，放進背包，把耳機從電腦拔出，插上 iPod，不知道為什麼開門的時候小心翼翼的，也許是怕吵醒 cecilia 吧。我慢慢的從三樓走下一樓，推開大門，陌生的味道，似乎是既定的街的味道，哪裡的空調正大聲的運轉，除了數過去的第三間沒有拉下鐵門之外，一整排都已經拉下鐵門，二樓以上偶爾有微光泛出，除了味道之外，其餘的一切我都覺得新鮮，夜遊，我想。我正在夜遊，就像小孩子出門去遠足一樣，我正在夜遊，背包裡的菸跟 iPod 就是便宜的零食跟便當，我戴上耳機，選了 kannivalism 的〈クライベイビー〉（cry baby）。首先先毫無目的的晃晃吧。

路上完全沒有人。路燈閃閃爍爍的，好像下一秒隨時就會熄滅。有的時候連狗都沒有察覺我，只是安靜的睡著，我停下腳步，點了一根菸，慢慢的吸進肺裡再吐出來，稍微遠離了住的地方，這裡有一小片竹林跟樹林跟一個池塘，我想了一想，雖然小時候的記憶這裡面應該蠻可怕的，但那都不知道是多久以前了，裡面一定很安靜，如果說繼續走著的話，就會超出我的範圍，可能連回去的路都記不得了，這很麻煩，但時間應該還早，剛出來可能才半小時不到，我還不想回去，都還沒到定點吃零食跟便當呢，我又左右看了一下，確定沒人（根本不會有人）之後往裡面走，很奇妙的，進去的瞬間空調的聲音就不見了，應該不是蟬但有某種蟲正在唧唧叫著，再往裡面一點，連路燈都看不到了，但唯一沒變的，是天空，夜晚的天空。今天沒有月亮，腳下的雜草有一點露水，但我不介意，就這樣坐了下去，我又再點了一根菸，抬頭看天空，對著半夜的天空吐煙，感覺有點諷刺。有涼風吹來，盛夏的半夜溫度還是蠻適合的，不覺得特別熱，但又不到太冷，只是涼涼的。天空上星星不多，數得出來，雖然不多，但都特別的亮。

不。

說是星星很亮，只是一種錯覺。其實我看到的，只是天空特別的黑暗而已。

樹林巧妙的把路燈擋住，沒有月亮的情況下，天空好暗啊。星星只是突顯出天空的暗而已，我現在看的本體，是黑暗的天空。這裡就像沙漠一樣，萬物都在這裡生長，也在這裡死去。我剛剛在走著的時候，並沒有感受到黑暗，黑暗才是這裡的主角，星星只是陪襯而已。

我朝池塘丟了一顆石頭，映照著星星的水化成圓形散開，我想起cecilia，現在這個時間點上，我只是我而已，只是坐在被街道淹沒的樹林的一個我而已。對於別人來說，我到底是什麼樣的存在？

所以，我應該算是討厭天空是亮著的人。在白天的時候，不會讓不習慣的東西出現在我的生活裡面。這當然是自己設想裡面最好的情況了。畢竟有的時候，所謂的人是下午才有空的人，或者沒有菸了我必須要出去買菸，還有公家機關的既定上班時間，但我知道，那種時候的我所感覺到的，是一個極端模糊不清，而且在視線上永遠都是不知名顏色或者混合而成的斑點。腦漿像死掉了一樣。一切都是以人的反射神經來反射所有東西，沒有辦法用大腦思考些什麼，甚至連膝蓋都不能。沒有思考，只有自己建立的對於所有可能會發生的事情投射的習慣性而已，嗯，我想連回應都稱不上，只是像個獨立接收反射的在天空而以不顯眼的方式所形成的星體一樣。如果拿人的身分去比喻的話，就是我不是我，而誰也都不是誰，的感覺吧。

那麼，對於夜晚，你就能確定那就是清醒著的你嗎？

其實我也不能確定。只是拿去跟白天來比的話，是稍微清醒了一點。至少我能夠像這樣思考這兩者的差別。在夜晚，我的大腦才會像是『終於還是必須要開始了啊』，那樣嘆一口氣默默的，慢慢的開始運轉。這種時候我才可以跟現實連接上，才可以脫離那中立含糊不清的地帶，開始以自己所習慣的『人格』進行所有關於活在這世界上應該有的樣子。這當然只是我所認為的，因為沒有可能全部的人都知道而好像約好似的只會在夜晚才開始輸入『我』這個人的樣子。到這裡為止是我個人對於我個人的思考，但是如果要牽扯進別人的話，或許要以『不同的角度』來預設了（那到底是什麼樣的角度呢？），可能會無法連接上吧？不過我並不介意，因為那也是我的一部分，而且說不定，在白天的我所擁有的辨識度還比在夜晚來得要高，這機率應該是非常大的，畢竟，我還是有過以學生的身分活動於白天的。

所以，每當我問到或者提到關於我給別人的印象的時候，那落差會非常之大。

我覺得你是一個很有趣的人喔，嗯，很幽默，好玩的一個人。

我認為你好像活得太過於無聊了吧，應該可以多去體會一些事情啊。

我覺得你雖然聰明，但是太過於悲傷了吧。

我認為你這樣樂觀每天都很快樂的好像很好耶。

你好像有點太過於緊繃了，每天都像是採取防禦姿態的人，偶爾也該放開心胸一下啊。

你這個人，也未免太過於沒有神經了吧。

你好像有點神祕。

你喔，至少擁有一點神祕感嘛，像這樣什麼都讓人知道了，豈不是像是脫光衣服一樣嗎。

……我，

……你，

……#$!!^%&（&#$@

那些可能都是我，或者都不是我，沒有誰對誰錯，沒有好與壞。

這是我在今天的這個時間點，所形成的樣子，對於我來說，對於你來說，可以說是一樣，也可以說是不一樣。只是我自己把它劃分成這樣子而已。自己與別人之間總是有著難以抹滅的絕對性的不同，甚至讓我懷疑是否同為人類或者同為企鵝，身分上，想法上，思考上，絕對性的不同。

今天的你，認為我是什麼樣子呢？明天的我，又會以什麼印象讓我在你的世界存在呢？

但其實都一樣。

我站起來，像是放棄了什麼，被老師告知「我們要回學校了喔。」那樣的感覺，只是拍拍褲子，默默的走出了樹林，我再看了一眼天空，還是一樣，黑暗。慢慢的路燈再度出現，天空不再只是黑暗，染上了無可救藥的光線。送羊奶的人騎著滿載羊奶的機車呼嘯而過，失敗了，這個時間還是有人類存在的，我到底在期待什麼現在已經忘記了。我點了一根菸，把音樂轉到 Aimer 的〈I beg you〉。

對，只是像在白天的煙火那樣，毫不起眼的就這樣消滅了。

醒來已經是中午過後了，昨天半夜四點之後才回家睡覺，那種誰都不是誰的感覺還有一點殘留，我看了一下手機，發現有一則新訊息，我並沒有直接滑開，下床先開電腦，喝水，然後到陽台去抽菸。會是誰？我想不到，cecilia 不知道我的手機，剩下的只有以前的同事跟同學，因為我並沒有換手機號碼，連絡到我的可能性還是很大，就像是我想起他們一樣，他們也會在某個時間點想起我吧，這並沒有什麼，回憶就是這樣的東西。

我回到房裡，拿起手機，滑開新訊息。

「嘿，我是你國中同學，sabrina，不知道你記不記得我，馬上就是同學會了，雖然我們國中的時候不太熟，但是你說過的話不知道為什麼一直殘留在我心中。可以的話給我個訊息，來不來無所謂，只要我知道你還過得好就好，你還記得你說過什麼話嗎？我想大概都忘了吧，先這樣，我還要上班，保持連絡。」

我想了一下。

是那個不太說話，但是很會畫畫的 sabrina，我還記得她，我們國小到高一同班，她跟同學處得好像不太好，但是給我一種親切感，雖然不是美人，但五官說實在也算是細緻的了，過了二十幾年，不知道她現在變成什麼樣，還繼續畫畫嗎？我對她說過什麼話嗎？我是真的不記得了，不過少年時期的我，還算是外向的，暗戀著誰被誰暗戀，電腦課教著 DOS，下課擠到合作社買奇妙的點心，我大概只記得這樣而已，真的太久遠了，同學會啊，一點都不想去，不過 sabrina 這個人，我倒是不討厭，某種意義上可以說是保有好感的，我直接回訊息。

『我還好好的，只是目前沒有工作。同學會就算了吧。』我簡單的說。

大概過了十分鐘，我只是把一杯水喝完而已。

「沒關係，同學會我也不想去。我只是想起你說的話而已。很不可思議喔，那時候我覺得社交沒用，與同學保持一定的距離，努力做個中立的角色把學生時代過完，真的很麻煩，同學這東西無時無刻存在，就坐在你隔壁喔，這間完了還有隔壁教室，沒完沒了，我們念美術的就是都連在一起，想躲都躲不開，你說的話一直在我心中，我到現在偶爾都還會想起，那個男生。現在我還在畫畫，學生時代是為了作業而畫的，現在則是為了自己而畫，第一次覺得畫畫真好，嘿，你還畫畫嗎？」她說。

我選擇用語，好久沒有跟誰傳訊息了。

『我沒有在畫畫了。大學完就沒有再畫過了。妳大學念什麼？現在在做什麼工作？』我簡單的問了一下。

「真可惜。」

「我大學念了室內設計，畢業之後雖然待過公司，但總覺得不對，就跟學生時代一樣，體制並不適合我。於是我現在自己在接案子，早上一大早起來跑工地，中午都在外面吃，吃完之後就直接去見客戶了，停不下來的行程。我想休假都不行，休假就沒有案子了啊，好不容易累積起來的人脈一下子就會斷掉，晚上回家畫一點畫，用壓克力畫，很奇妙喔，是個像油畫但加水就變成水彩的東西，你為什麼不畫了啊？」她說。原來念了室內設計啊。

『沒有想畫的東西。我有試著拿起畫筆坐在畫布面前，但沒辦法下筆，那個什麼並沒有形成，意念消失，明明之前畫了那麼多畫，我覺得學生時代我並沒有為了誰而畫，都是為了自己，作業也是畫自己想畫的東西，雖然自己說不太好，但真的是隨心所欲喔。畢業之後，當完兵回來，不知道為什麼我就再也畫不出東西了。』我說。

「再也畫不出東西嗎？我是真的覺得可惜，國中時候你是第一個在班上開始畫油畫的人，老師也都讚譽有加，說你是個有天分的學生，那時候我沒覺得什麼，只是現在想起來，好像是泡沫一樣就這樣沒了。雖然說畫與不畫並不影響人生，只是你知道，我現在正在畫，所以我覺得這就是人生喔。那麼辛苦的工作就是為了買顏料跟畫布，雖然說壓克力不貴，但我每次畫都畫超大張的，然後用著厚厚的顏料。那麼，沒有工作又不畫畫的你，現在在做什麼啊？」她說，我可以想像她畫畫的樣子。

『等待世界末日啊。抽著菸。』我說，真的是這樣沒有錯。

「我也想相信世界末日，真的。但這世界一點預兆都沒有，一丁點都沒有。古老的人預言著，都是騙子。」她說。確實預言的時間過了什麼都沒發生。

『沒事，過著自己的人生就好。不管世界末日會不會到來，自己是自己這件事是絕對不會改變的，如果畫畫是尋找自己的話，那就繼續，直到覺得自己是自己為止。』我說。

「那麼，你還好嗎？你有覺得自己是自己嗎？」她問，真是銳利的問題。

『雖然我說不清楚，但目前我有要去做的事情。』我堅定的說。

「那就好。」她說。

我一邊思考著用語一邊走去陽台抽菸，天空的雲正不祥的聚集著，看來今天會下雨。

『所以我到底說過什麼話呢？我都已經忘記了，可以的話跟我說好嗎？』我說。

「嘿，晚上再跟你說，我必須去見客戶了，不要忘記，你是一個很重要的存在。」她說。

我看著再也沒有新訊息的手機，時間指著下午的3:43，距離晚餐還有一段時間，首先必須去買咖啡才行，我揹起背包，沒有拿手機，就這樣開門走去便利商店了。途中經過了cecilia的房門，但當然這時間不會在才是。「不要忘記，你是一個很重要的存在。」我想起我的第一張油畫。

第一張似乎是具有紀念價值的東西吧。不管是什麼事情，凡冠上『第一次』，就很容易被附加意義，並且變成不可抹除的記憶，之後不管做了什麼，第幾次，第一次的印象總是最深刻的，人們也在那『以第一次而言』的記憶當中，清楚的體會到經驗與成長。或者在重複性的操弄之中失意迷惑的時候，想起第一次的初衷，就會清醒。嗯，我想，這是好事沒錯。

我雖然很快的就回憶到第一張油畫，第一次畫油畫，是在國中二年級的時候。但我卻想不起來其他任何的事情了。在哪裡畫的？因為什麼畫的？我記得國中並沒有油畫課啊，那麼我怎麼會有油畫顏料跟畫布呢？

算了，總之，我在國中二年級的時候，畫了我的第一張油畫。相當奇怪，這種空空的感覺。時間留著，但也只剩下時間而已。除此之外在那時間點上的所有東西全部被移走了。

這只是個元件而已，不是Movie clip喔，所以不能套用Action Script。竟然沒有辦法好好的想起應該很重要的第一次，那畫面感覺就好像看到什麼觀光紀念石碑一樣，喔喔，這是什麼什麼人做過什麼什麼事情的紀念石碑喔。職業倦怠的導遊這樣說著，然後觀光客圍上去做出與這個石碑毫無關聯的表情拍了照，然後就搭上遊覽車走了。誰也不知道這個人到底是誰，為了什麼，或者到底做了什麼事情。只是因為『具有紀念價值』，於是後人立了這個石碑（而後人又知道是什麼事情嗎？我想也不知道吧），然後讓這個紀念隨著時間被風化，價值從原本的『什麼』變成純粹的觀光用途，意義呢？算了，已經不重要了吧。

晚餐過後，外面開始飄雨了，我一邊等著訊息，一邊用 iPod 聽著 TETSU69 的〈15 1/2 fifteen half〉。然而，一直到睡覺之前，手機沒有再響過。

3

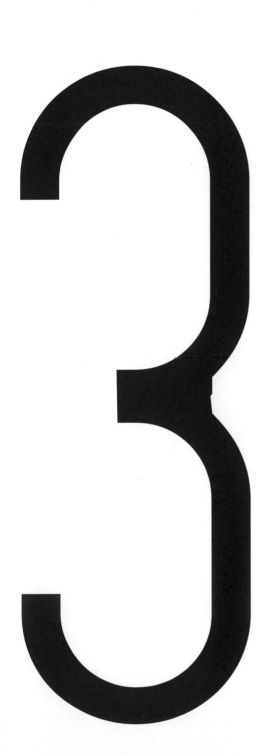

天氣預報說颱風近了，大概今天中午到半夜是整個颱風籠罩最強烈的時間，這時候我還在房裡，時間指著下午的1:49，確實今天沒有太陽，可以感覺到難得的短暫悠涼時刻，這是今年的第一個颱風，前年的這個時候我還在辛勞的工作著，像是被蜂后指使的蜜蜂那樣，到處汲取蜂蜜。『今天暫時先不要洗衣服吧。』我這樣想著，一邊慢慢的走到陽台去抽菸，坐在老舊的椅凳上，用打火機小心的點上菸，看著天空，不祥的雲正在聚集，原本屬於夏天的那藍色清澈天空現在已經變成了像打底失敗的油畫布，時間過得很快，失敗的顏料快速的擴散，雲變得厚厚一層，像用油倒在畫布上再用骯髒的布刷過去一樣，我以前好像做過類似的事情，但已經想不起來細節了。我吐出一口煙，煙迅速的被強風吸收往反方向飄散過去，不知道為什麼，這天空很吸引我，颱風的前兆，讓我想起不斷反覆失敗又重新再試的油畫回憶，我站起來，想回憶起更多事情，但屋簷擋住，無法看到整面的天空，整面畫布，我想了想，乾脆到樓頂上去看好了，於是我把菸跟打火機放到口袋，拿起 iPod，手機就不用了，就這樣往樓頂上去。

我並沒有上來過樓頂，搬來之後一次都沒有。曬衣服都在陽台曬，抽菸也在陽台抽，但至於貓會不會上來樓頂，這我就不知道了，總之我沒上來過。這棟公寓只有四樓而已，旁邊是大樓，似乎是辦公大樓，我偶爾會偷窺別人上班的樣子，不過他們應該也看得到我才對，只是，看一個人坐在陽台抽菸好像也沒什麼有趣的，我推開樓頂的大門，耳邊響起 INORAN 的〈時の葬列〉（時之葬列）。

首先映入我眼裡的，不是天空，而是用木頭簡易搭起的一小塊角落，一根一根的木頭中間有空隙的小屋頂，還有像是自己做的桌子，跟一個好像很貴的躺椅，桌子上放著一張紙，上面好像寫了一點什麼，像是鎮壓一樣旁邊躺著一枝鋼筆還有墨水，另外還有一杯加大量冰塊的威士忌，就擺在旁邊，好像很貴的樣子，喝到一半，所以剛剛應該是有人才對。是誰在什麼時間在這裡弄一個好像祕密基地的地方？我不得而知。我往那個角落走了一步，有聲音。

由於戴著耳機，我聽不清楚那聲音，不過好像是人的聲音。在我猶豫該繼續往前走還是摘下耳機的時候，我聽到了「喂！」。於是我摘下耳機，一時間還搞不清楚狀況，左右看沒有人，「這裡啦！」聲音是從後面傳來的，我才終於往後一看，一個矮個子穿著熱褲的女生站在那裡，對我招著手。

「你偷偷摸摸的在做什麼啊？」她說。

『沒有。我想看一下天空，所以到樓頂來。』我說。

「你是住在這裡的人嗎？哪一間？還是來偷東西的。」說到一半她更換成防禦姿勢。

『我住這裡，304號室。』我說。揮手示意我不是小偷。

「喔～？」她瞇細了眼睛上下開始打量我，但我不知道是什麼結論，不過也沒關係。

『真的，我只是想看看天空。』我解釋說。

「沒事，是住戶就好。不過第一次看到你，剛搬來不久？」她提問。

『對啊，沒多久。而且我那一間有陽台，所以平常也沒有上來過樓頂。』我回答。

她慢慢的繞過我，一邊看著我一邊走，然後走到椅子前坐下，拿起威士忌酒杯，清脆的冰塊碰撞聲。

「颱風天乖乖在房間裡就好啦，為什麼特地要到隨時可能會下雨的樓頂來啊？」她提問。

『嗯……想起了一些往事。』我簡單的回答。

她再度瞇細眼睛打量我，似乎對我還保有一點戒心的感覺。

『妳在做什麼啊？』我好像要為了證明自己的清白說。

「喔。」她放下酒杯。「喝酒啊，寫寫東西。」她看著那張紙說。

『寫什麼？現在才剛過下午，喝酒不適合吧。』我說。

「我就是喜歡喝！」她又再拿起酒杯，輕輕喝了一口。

「我正在寫遺書。」說完她指著腦袋。「這裡噢，下禮拜就要開刀了，有一顆腫瘤噢。顱底腫瘤，好像要從耳朵後面處理的樣子。相當複雜我也聽不懂。我可能怕了吧。總覺得腦部手術不會成功的樣子，好像會在手術過程中失血過多就這樣死去的感覺，在此之前我都是相當健康的，完全不覺得自己會得什麼癌症，所以得知我有腫瘤的這些時間，我就在這裡喝著酒，每天都要喝，不然完全不會想睡，我是自己一個人住所以我家人也不知道，不然怎麼可能會讓我喝酒，不過我覺得這樣也好，自己一個人默默承受，雖然看起來我是承受不住，這樣就好。對這樣就好。」她說。好像要肯定自己一樣的點點頭。

『一定會順利的。』我說，一定會順利的。

「你看過坂元裕二的《Woman》嗎？男主角啪一下的就在開頭死了喔，還好他有留一封信，過了一段時間才找到，不然就這樣消失了誰能接受，所以我想，我是不是也應該在死前留一封信，好證明我有活過的痕跡，雖然家人知道了肯定會難過，不過無所謂，那時候我已經不在人世間了啊，什麼也沒留下，只留了一封信，你不覺得這樣的發展挺好的？」說著說著她笑了。

『重要的是過程。雖然我不知道妳幾歲，不過看來相當年輕，不用去思考死後的事情，那不是我們應該關心的地方，嘿，現在啊，現在。』我說。

「我正喝著酒寫著遺書，雖然我不知道要寫什麼。只寫了開頭我是誰，對於即將要面臨的死亡，我什麼都想不到，完全。」說完她又喝了一口威士忌。

『不會有事的。雖然說寫遺書蠻好的，因為人不知道什麼時候就會死亡，提前做準備是好事。妳現在害怕嗎？恐懼嗎？要去感受這個，才有辦法接下來的行動。』我說。

「你是第一個說寫遺書是好事的人。」她說。「這世間好像既定的印象寫遺書就是壞事，不知道從哪裡傳下來的陋習喔，當一個人說我要寫遺書的時候，旁邊的人會怎麼想？一定是往壞處想啊，但有沒有想過，一個人不寫遺書就這樣死了，他的事就結束了，沒留下遺書的話，後人要怎麼接受他死亡的份量呢？包住一個未知圓形的句點喔。結束。不行啊！」她甩甩頭。

『這世界即將消失。』我說。『我相信，妳最好也相信。』

「現在還沒有消失，我正準備要開刀，而且很有可能就這樣死去。如果要消失，明天消失就好了，就讓這個颱風把地球刮走就好了！」說完我看了一下天空，似乎真的要下雨了，強風持續的吹著。

『沒錯。就是要有這個決心。然後保有現狀，持續的過自己的生活。不要特別去想它，這很自然，妳只需要注意現在，啊，這個酒好像太便宜了。啊，冰塊不夠多啊。像這樣的事情才是重點，人會死，在這之前持續的生活著。』

我說。

她笑了。「喂，這個酒很貴啊！冰塊再多就太淡囉！」

『那很好。』我也笑了。『嘿，妳喜歡下雨天嗎？』我問說。

「喜歡啊，不然怎麼會選今天在樓頂喝著酒寫遺書。下雨天特別有感覺，我以前住的鐵皮屋，在下雨的時候發出的雨滴聲我特別喜歡，感覺很平靜，明明這麼吵喔。」她說。

『我也喜歡。這個小空間是妳特別做的嗎？』我問說。

「對啊，我剛搬來沒多久的時候，一次偶然發現了這裡在白天大太陽的時候完全不會有太陽光直射。東邊的那棟大樓擋住白天到中午的份，西邊的大樓則是擋住了中午到晚上的份，只要在正午的時候去吃個飯喝個啤酒，躲過太陽光從中而下的半小時就好了。很涼快喔！雖然視野不好就是了，不過哪裡都一樣，天空不會背叛我們，人只要抬起頭，就會看到天空。不管那是多小一塊。」

她說著指向天空。

『手蠻巧的嘛，都是木頭做的，確實兩邊都是大樓。』我敬佩的說。

「厲害吧。」她又笑了。

「對你來說，你持續過著怎麼樣的人生？」她問說，坐在椅子上抬頭看我。

『嗯……就像放在某個不是以展覽為主又不知名的畫廊裡，開始，然後持續到現在還沒有落幕，並沒有人記錄到底多少個人經過了哪些畫，也沒有人記錄哪些人停駐在哪個類似觀光景點的畫上多久。大家都是事務性的做著事情，從畫到觀眾，都只是事務的一個賊，偷走了自己也偷走了別人。』我說。

「畫嗎？你畫畫嗎？」她好奇的問說。

『以前畫，現在不畫了。並沒有什麼特別的理由。』我好像要避免會繼續問下去的選擇用語。

「我的手不巧，畫不出什麼好看的東西。以前媽媽有送我去過好像很貴的單人一對一美術老師那邊，學了好幾年，也慢慢覺得自己有天分。但在考美術班的時候，看到題目，我整個愣住了噢，什麼也畫不出來，我現在已經忘記是什麼題目了，好像是用泡棉包住的……什麼東西，我完全畫不出來，就這樣媽媽也對我死心了，我也死心了。才能是不會從天而降的。」她說。

『嘿，妳叫什麼名字？』我問說。

「祕密。」她吃吃的笑。「等我沒死再跟你說，那時候我還是會在陽台喝著我的酒。不急吧，對於一個即將消失的人。」

『這很重要。妳可以當作我是即將繼承妳能量活下去的人。』我說。不知道哪裡來的自信。

「不說。」她慢慢的低頭說。

「知道你怎麼持續的生活了。那麼你是憑藉著什麼繼續活著的？記憶嗎？還是什麼？」她問說。

『嗯……可以說是記憶。畢竟要抱持著某種東西活下去嘛。不然人生就不是人生，只是記憶這東西，對我來說不是那麼可靠就是了。對我來說重要的是現在。』我說。

「學生時期的記憶跟出社會之後的記憶，可以說是完全不一樣的，出社會之後莫名其妙就過了一年，根本不知道怎麼過的。」她用手托著頭好像正在思考什麼。「那你叫什麼名字？」

『海盜先生。整人玩具的海盜先生。』我說。

「希望還能見到你，海盜先生。」她說。「快要開始下雨了，我覺得你該回去了，看天空了嗎？」她說。

我抬頭看了一下天空，已經忘記為什麼要上樓頂來看天空了，不過確實雲層開始變厚，也慢慢暗了下來。看來是真的要下雨了。

『真該死，我要走了，嘿，一定會順利的，妳要有自信，活下去。』我說，然後往門的方向開始走，謎樣的少女，我推開大門，當我要繼續戴上耳機的時候，我聽到聲音。

「喂！海盜先生！我不想寫遺書了！我要喝酒！」她一邊揮手一邊朝我這大喊。

『妳倒是寫啊。』我小聲的說，不知道她有沒有聽到，我一邊笑著，一邊把門關上。想了一下選了 amazarashi 的〈ライフイズビューティフル〉（Life is beautiful），感覺會是很長的颱風天，我一邊想一邊回到自己的房間。

從樓頂下來之後，我回到自己的房間，雨開始變大了，並沒有滴滴答答的聲音，有的只是雨滴打到屋簷的悶悶的聲音，大概是因為從房間裡聽不清楚吧，住在鐵皮屋聽雨滴聲是什麼樣的感覺呢？我試著想像，打開陽台門，把手往外張，想感覺看看雨滴落在手掌的感覺，但不行，都被屋簷擋住了，雖然有風但還不至於把雨吹到門邊。我一邊想著謎樣少女的話，一邊把門關上，電腦並沒有關，從我上去之前就開了，於是我坐在電腦前，把 iPod 接上電腦，改用電腦聽歌，選了 SCANDAL 的〈月〉，看著時間，下午的 3:14。我伸懶腰，想再看看求職的消息，就在這時間，房門響起了聲音，有人敲門，「是我，lia，可以進去嗎？」cecilia 說。

我打開房門，並跟以前一樣示意讓她坐在床上，我坐在電腦椅上。

「颱風天，放假！不過不好意思，開始下雨了，所以我沒辦法買啤酒過來，一想到要撐傘穿過街道就累了，沒關係吧？」cecilia 說。

『沒關係，我並不特別喜歡喝酒。下次要買的話，買冰咖啡吧。』我說。

「海盜先生最近在做什麼？」cecilia 說。

『沒做什麼，剛剛上去樓頂想看一下天空。』對於遇到謎樣少女的事情我想不要說好了，雖然不是什麼需要隱瞞的事情，但想了想還是不說。

「樓頂啊。我沒上去過呢。天空怎麼了嗎？」cecilia 說。

『想到以前畫畫的事情。』我說。

「是好事？還是壞事？」cecilia 說。

『並沒有好壞之分，只是覺得有點懷念。明明是二十幾年前的事情，不知道為什麼突然就出現在我腦海裡。』我調整一下姿勢。『那麼，妳有什麼事？』我說。

「喔……上次不是說到我父親嗎？我說了有空再跟你說，今天就有空啦！你看，像現在下著雨，風吹著，感覺很適合講往事喔。」cecilia 說。

我回頭把音樂關掉，喝了一口放在桌邊的水，想抽菸，但現在好像不適合，這之間 cecilia 好像在等待我一樣，並沒有出聲。

『妳父親在妳母親車禍之後，怎麼樣了呢？』我問說。

「他立刻就逃走了喔。立刻。逃到別的城市去了，留下我跟哥哥，雖然我記憶已經有點模糊，但那應該是我大班的事情。逼不得已，我跟哥哥被姑姑收養，他自己則完全消失。那時候爺爺奶奶還在，還有姑姑的一個兒子，我們就這樣住在鄉下，我還記得，過年的時候，父親偶爾會回來，那時候我真的是很高興，畢竟還不懂事嘛，只是覺得有親切感，當時並沒有意會到他因為母親的死就把我們都拋棄了，當然這只是假設，是不是真的因為母親的死就把我們拋棄還是本來就打算自己一個人去城市，但總之，我們被留下來了，他則一點消息都沒有，漸漸的，他過年也不回來了，家裡的人當時不知道是怎麼想的，我指的是爺爺奶奶他們，我跟我哥哥畢竟並不是姑姑的小孩，這時候大概是我剛上小學的時候吧。」cecilia 看著我，我表示接受回看著她。

「好像是小學三四年級的時候，詳細的我不太記得，我只記得父親連絡我們了。但說什麼我完全忘記了，總之在暑假的時候，他把我跟哥哥帶到城市去，住了一陣子，應該是他新交的女朋友吧。就住在那女人的家裡，她也有一個小孩，那時候我哥哥跟他玩著遊戲機，我則在旁邊看著，並沒有問我父親什麼。沒有問他為什麼都不回家，為什麼要拋棄我們自己逃走，什麼都沒有問，只是安靜的過著那個暑假，我真的不太記得了，太小了。回家之後，他再度消失，完全沒有音訊，就這樣，我過完了我的小學時期，那時候已經徹底把我父親遺忘了，我想他也忘記我們了吧。還記得剛上中學的時候，我跟哥哥聽著 L'Arc~en~Ciel 的歌，哥哥買了很多他們的周邊跟專輯，我們討論著日本樂團的事情。那時候網路並不發達，我們還一起聽著廣播，期待著新歌，出了新歌，我們就討論，例如雙吉他跟單吉他的區別，別的樂團的主唱怎麼樣等等的，是真的都忘記了我父親的事情喔。」cecilia 說。我點點頭。

「然後，就在家人跟我完全忘記他的存在的時候，我接到了警察的電話。那是在我中學二年級的時候，我記得，警察問我說是他小孩嗎？我說是。說有很重要的事情要告訴我，那時候並沒有感覺什麼。我父親跳樓自殺了，在城市裡的某間旅館樓頂跳樓自殺了。然後警察請長輩聽，我只記得那一夜，奶奶跟姑姑都大聲的哭泣，我哥哥也在哭，我並沒有哭，因為我感覺不到什麼現實感，好像是別人死掉了那樣。後來我跟我哥哥去城市接收我父親的遺體，只記得有一個好像師公的人念著經，那個女人也有出現，雙手合掌眼眶泛紅，那是我最後一次看見她了。在陌生的城市陌生的大樓前，警察說著，你父親就是從這裡跳樓的，我沒什麼感覺，警察好像還說了很多，但我完全忘記了。然後，一台休旅車載著我跟我哥哥跟我父親的遺體，就這樣開往鄉下的家裡，在深夜。遺體上蓋著布，我記得，我很害怕，手上拿著不能熄滅的香，我不時的看著被布蓋著的臉，凸起來的地方，遺體的形狀，一邊發抖，不知道過了幾個小時，終於到家裡了，然後我就不記得了。回到家之後又是怎麼把遺體存放起來的？葬儀社？不行，記不起來。回過神的時候已經是幾天之後了，師公念著經，我拿著香，過程中一直把蓋著父親遺體的布拿起來，我只覺得害怕，而且覺得時間拖得好長。葬禮上，我只記得我的同學整班包含老師有來，然後就是等待火化，那時候已經開始火化了喔。我母親死的時候，也就是幼稚園，還是土葬呢。然後開始上學了，我去的時候心情很沉重。然後，同學沒什麼改變，大家聊著天，聊著已經忘記的事情，一切都像沒有發生一樣。我父親就這樣完全消失了。」cecilia 說著，並沒有特別的表情，所以我讀不出來她在想什麼，我只是默默的聽著。

『那妳現在還會想起妳父親嗎？』我試著問說。

「嗯……偶爾會想，如果我父母親都在的話，我現在會是什麼樣子。但都沒有用喔，時間線錯開了，我怎麼想都不會知道，至少，我現在好好的，還交了男朋友。雖然我想不到家庭是什麼樣子，沒辦法，小時候就沒有家庭的概念了，不過，這個男朋友不行，我不想跟他結婚組成家庭，我只是在孤單的時候才依賴他的，我想，我這輩子應該都不會結婚吧。更不用說生小孩了，完全想像不到。」cecilia 回答說。

『我的 iPod 有 L'Arc~en~Ciel 的歌，你們當時在聽什麼？我可以找看看，應該會有。』我說，並開始尋找。

「不了，沒關係。並沒有特別想聽，海盜先生，你也喜歡他們？」cecilia 說。

『嗯，我會聽他們的歌，到現在偶爾都還會聽，我還有去過他們的演唱會喔。』我說。

「喔？不過總之，找到母親的事情之外，也想找到那個時候的那個女人。我想知道我父親拋棄我們之後到城市去到底做了什麼事，因為真的都沒有消息啊，嘿，海盜先生，我是不是很執著。也許那個女人早就忘記我父親的事情了，但我還是想知道。」cecilia 說。

『我說過，跟過去做訣別，是往前的好方法。雖然我比較偏浪漫主義者，但覺得這是好事情，沒有人可以真正的斷絕這世界上的血緣關係，妳跟妳哥哥，還有你們的父母親，這之間的關係我覺得到死都要背負著。』我堅定的說。

『嘿，我找到了。』我搜尋 L'Arc~en~Ciel，並試著推測時間，應該是《ark》跟《ray》的時候，我選了我最喜歡的〈いばらの涙〉（荊棘之淚）。『給妳聽。』我說。並把 iPod 遞給 cecilia。

「好，我聽看看。」cecilia 說，她把耳機戴起來並按播放，可以看到她閉起眼睛雙手緊握著 iPod，不久她張開眼睛，不知道是不是我的錯覺，感覺有一點淚水在她眼眶裡打轉，她並沒有表示什麼，也沒有讓眼淚流下來，真是堅強的孩子，我想。

「謝謝。」她拔起耳機，把 iPod 還給我。「讓我想起了一些事。」她深呼吸，好像要把淚水吸回去那樣。「海盜先生，可以給我一根菸嗎？我現在想抽，雖然我沒有抽過。」她說。

『不行。現在外面下大雨不能去陽台，屋內禁菸喔。更何況我不想給妳抽，我是沒辦法體會妳的心情啦，女孩子還是不要抽菸的好，會被當不良少女的。雖然一點關係都沒有。』說著我笑了。『喝喝咖啡吧，要不要我泡給妳喝？』我站起來說。

「不用了，我準備要回去了。謝謝你聽我說。在世界末日之前，還有很多事要做，不過在這之前，我還要想一想，畢竟那是很久以前的事情了，我沒有自信能一一把他們都找出來，更不用說問他們當時的事情了。會不會在那之前，世界末日之前，地球就不見了，我有時候會這樣想。地球可能會用各種方式消失。」cecilia 說。

『有可能喔。地球是個自私的傢伙。』我笑著說。

「掰掰。海盜先生。有空再來找你。」說著 cecilia 從床上站起來，往門口的方向走，門關上之後，周圍被沉默包圍，暫時還沒辦法做什麼，聽得見雨滴的聲音，就這樣過了不知道幾分鐘，我站起來，把陽台的門打開，手伸出去，風跟雨都變大了，聽得到呼嘯的聲音，打開門之後也聽得到大雨傾瀉的聲音，雨滴打在我的手掌上，不知道為什麼，有種救贖的感覺。我似乎可以理解謎樣少女的話，「明明這麼吵噢，卻讓人感到平靜。」在這之前沒怎麼注意過。

我把陽台的門闔上，只留一點縫隙，就這樣坐在門邊，想多聽一點雨的聲音。想抽菸，但還是作罷，我把 iPod 拿過來，選了好久沒再聽過的，L'Arc~en~Ciel 的〈MY HEART DRAWS A DREAM〉，然後看了一下時間，下午的 5:49，這個颱風天還在持續著。

風雨越來越大，我把門窗關好，回到自己的床上。肚子還不餓，也不特別想抽菸，感覺今天發生了好多事情，沒辦法正確拿捏每件事的份量，在樓頂謎樣少女的小空間，我們談到遺書，記憶。在這個房間裡 cecilia 說著自己小時候父親的事情，我想了想自己小時候的事情，父母親呢？兄弟姐妹呢？但不行，沒辦法順利想起來，連有沒有我都記不得了，雖然很堅定的跟 cecilia 說血緣是要背負一輩子的，但自己又如何？『嘿，你這卑鄙的傢伙。』我想。

我把自己的事放一邊，把音樂轉到 Aimer 的〈声色〉（聲色）。

手機響了，並不是有誰打電話過來，而是有新訊息。我拿起在枕頭旁的手機，是 sabrina，國中同學，大概也放假吧，我滑開訊息。

「唷，國中同學來了。」她說。

『怎麼啦？』我說。

「沒有，一個人躲在棉被裡面，外面的風雨好可怕，看樣子要持續到明天了，你應該沒預定吧？可以陪我聊聊天嗎？」她說。

『可以啊，說說我以前說過什麼做過什麼，我蠻好奇的，即使那是二十幾年前的事。』我說。

「我記得你國中的時候，有帶我去你家聽歌，用一台看起來超大的收音機，你說是自己錄的。雖然我忘記是誰了，好像是 GLAY 還是什麼的，要上二樓我記得，你說你們家以前是平房，小小的一間房子，根本沒有自己的房間，大家都是睡在一起的，同一間，大通鋪那樣。」她說。

『嗯……應該是GLAY吧。這件事我不記得，不過那時候確實CD還不普及，超大的收音機嘛……我也忘了。還有誰一起來嗎？還是只有妳？』我問說。

「好像還有誰，我也忘了，不過那是我第一次去你家喔。你家還有一個胖胖的弟弟，姐姐那時候好像已經去外地念書了喔？記得沒看到。我想想……國二還是國三的時候吧？不太確定。」她說。

『我父母呢？』我問說。我真的想不起來。

「好像沒看到。你以前不太說你家裡的事，我唯一記得的是，你說你經常去一家理髮廳，因為那位剪頭髮的阿姨很像媽媽。嘿，你經歷了什麼啊？」她問說。

『我想不起來我的父母。』我回答說。然後暫時把手機丟在枕頭邊，感覺頭很痛，我站起來到桌子邊拿水喝，但不對，水裡面有怪味，像是沐浴乳還是肥皂的味道，真該死，感覺自己要炸裂了，從頭開始炸裂，我一邊想像著這畫面，一邊慢慢的走到陽台門旁邊，耳機摘掉，開了一點縫隙，想要抽菸，現在。我一邊忍痛一邊點菸，終於吸進一口，慢慢的往陽台外吐，感覺清醒了一點，但頭還是很痛，想要想起什麼，但那什麼，就像是書翻頁那樣，又被什麼新的東西蓋住了。越是努力的想，翻頁的速度就越來越快，越翻越厚，越來越遠。我再吸了一口菸，慢慢的吸，然後暫時讓它積存在肺部，我憋住呼吸，閉上眼睛，把注意力放在腦部，『快想啊！』我這樣對自己說，然而投影片打在牆壁上的，只是有雜訊的空白，啪，斷掉了。我放棄，把菸吐出來，大咳了一下，嘿，我怎麼了？

聽得見雨滴聲，但很遙遠，悶悶的。我確認自己的手跟腳，可以，還在，但一樣很遙遠，雖然看得到摸得到，但感覺中間隔了至少一整個星球那麼遠，我再度閉上眼睛，距離感的剝離，感覺我的身體就像漂浮在外太空，然後各個部位就像是星球與星球的距離那樣，雖然感覺得到，但像是穿越了幾億光年那樣才到達，莫名的恐懼感降臨，我還是閉著眼睛，拿起放在地上的 iPod，像是要鎮定隨便點了螢幕想聽歌，是さユり的〈レテ〉（lethe），我就維持一樣的姿勢，一樣閉著眼睛，慢慢的聽也是非常遙遠的歌。

我想了電影《變腦》（Being John Malkovich）那個誰的腦的入口，最終放棄了，像一隻垂頭喪氣的狗那樣，我回到床邊，重重的躺在床上。要是能像電影一樣排隊付錢就能進去誰的腦裡的話，我願意等待，等待著可以進入到自己腦的機會，好好整理整理，把筆記本好好的排好順序放到抽屜裡，拍拍灰塵。歌已經變成了 NICO Touches the Walls 的〈バケモノ〉（怪物）。我再度拿起手機，滑開訊息，有非常多未讀訊息，但我不想理會。

『抱歉，剛剛在想事情。』我說。

「你跑到哪裡去啦！訊息都不看！嘿，你還好嗎？」她好像很擔心的問說。

『不太好，記憶出了點問題。』我說。好像不只一點問題而已。

「你說你想不起父母？雖然我不知道你以前發生了什麼事情，不過我想沒關係，你不是記得我嗎？現在還記得學生時期的自己，只是忘了家庭，父母，你要不要去看看醫生？也許腦部出現了什麼問題，導致你現在這樣，我是說真的，你該去看看。」她說。

『好，我會記得。』我說，但當然我不會去，不管自己變成什麼樣子，我都不想去看什麼腦。

「現在大家叫你什麼？我叫 sabrina，你呢？」她問說。

『海盜先生。』我說。

「蠻有趣的名字。嘿，海盜先生，我們高中不是也同班嗎？你還記得你有一次趁我爸媽不在的時候來我家，雖然我忘記是為了什麼，不過我還記得你有來過，你還記得嗎？」她問說。

『嗯……記得，我記得妳的抽屜裡放滿了CD，書櫃上擺滿了偵探小說，然後……然後我用妳的 MSN 玩寶石方塊，妳爸媽快回來了叫我趕快走，我還在玩，然後就被妳罵了。嘿，那時候妳都在聽什麼啊？雖然我記得妳有大量CD，但是是什麼我忘了。』我問說。

「交響樂跟古典樂，還有鋼琴的演奏。我現在一樣還是很喜歡喔，雖然偶爾會去聽一下流行樂。聽你這麼一說，好像有這段事情。」她說。「那以前你都在聽什麼啊？除了那個……GLAY 什麼的。」

『國中的時候我記得用廣播錄了 PIERROT 的〈AGITATOR〉，高中就有CD了，那時候都在聽 HYDE 的《ROENTGEN》。』我說。

「哈哈，我連聽都沒聽過。」她笑說。

一段沉默。風雨好像更大了，聽得見窗戶正在震動。

『嘿，sabrina，我好像失去了一部分記憶了。』我思考了一下說。

訊息並沒有馬上回，對於這個她好像想了一下。

「沒關係。擁有一部分的你，是現在的海盜先生。」過了一下她好像很堅定的說。

『謝謝。』我說。擁有一部分，失去一部分，沒裝滿的水，喝一半的咖啡。

「那先再見了，我要休息了，好睏。明天颱風就走了又要開始忙碌了。」她說。

『晚安。』我說。看了一下時間，指著晚上的8:36，雖然有點早，不過我也好累。感覺今天的事情太多了，不過，我也知道了一些事情。確實，正像最開始遇到cecilia那時候她問我的「嘿，你完整嗎？」，現在的我想回答說『我跟妳一樣是殘骸喔。』看著天花板我這樣想。雖然努力的想想起到底是從哪邊開始錯開偏離的，但只是兩條沒有交叉的平行線，永遠不會交錯那樣，我的一部分就這樣不見了。『重要的是現在。』我努力這樣告訴自己，但無法，我正在回憶的漩渦裡面，現在躺在床上的我正在回憶，『人會死，在此之前持續的活著。憑藉著記憶活著，要有決心的活著。』我這樣對著謎樣少女說，但此時的我完全沒有一點決心，記憶的相片裡，只有我開心的笑著，父母親的臉都被塗黑了，為什麼只有我，只有我還在，真該死。

把今天放棄吧。這是我現在唯一的決心。

4

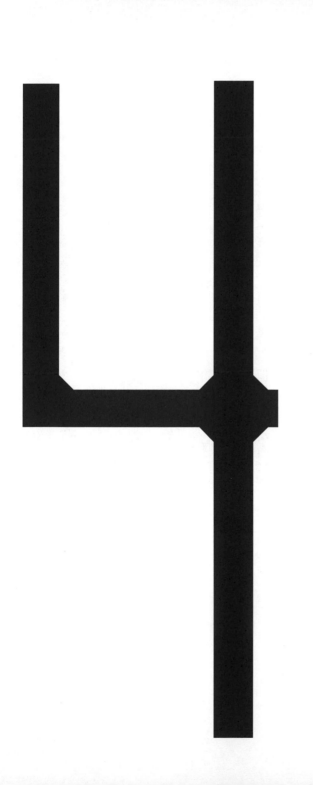

隔天早上醒來，感覺像是睡沒三小時一樣，還異常的睏，頭相當痛，我看一下時間，指著中午的10:56，睡了超過十二小時，神經還繃得緊緊的，依稀記得昨夜的非現實感，我暫時起身坐在床上，颱風似乎已經過了，沒有風也沒有雨的聲音，我起身站在桌子旁，喝了一口水，不行，還是有怪味，有沐浴乳的味道，我放棄似的把水杯重重的摔在桌子上，努力的想想昨夜的事。

首先，我想確認一下真實性，到底真的是我失憶了還是他們一開始就不存在？我快速的滑過手機想找父母的電話，但沒有，沒有父親母親，也沒有爸爸媽媽。不過，有一個名字叫老家的電話，我想了一下，還是沒有打過去，不知道為什麼我沒有自信。我嘆了一口氣，想著接下來該怎麼辦。

最終，我決定回老家一趟，在同個鄉下，位置我沒記錯的話應該騎車只要二十分鐘左右就會到，不遠。我快速的拿起菸跟 iPod，為了保險起見也帶了手機，放到背包，快速的下樓，拍拍機車坐墊上的灰塵，好久沒騎車去哪了。外面被大雨洗刷得乾乾淨淨，柏油路黑得發亮，電線杆上面有鳥聚集啼叫著，然後散去，我選了Dir en grey的〈太陽の碧〉（太陽之碧），坐上機車發動引擎，靠著記憶開始移動，過程中我沒想什麼，只記得有怪味的水，隨著音樂的流動，我慢慢的移動，本來就騎不快，相當老的車了，看到一個象徵性的路標就確認一下路沒有錯，繼續騎下去，經過田地，河川，確實的往鄉下前進，雖然說是鄉下，但記憶中還是有些許的鄰居，雖然只有幾戶就是了，那是在一條街道的尾巴，一條岔路下來之後的幾戶人家，我打著方向燈，往岔路下去，沒有什麼感情的波動，只是把引擎熄火，抬頭望去。

原本應該是在那裡的舊家，已經變成了看都沒看過的一棟三層樓獨棟建築。灰色的外觀，看樣子並沒有蓋好，雖然接近完成，但是並不完整，嗅不到一絲人的氣息，哪裡的水泥還是那樣露在外面沒有鋪上磁磚，陽台的扶手保護膜還沒有撕下，感覺雖然有綠化，但似乎到一半就放棄不再管了。我暫時呆呆的望著，腦海一瞬間浮過老家應該有的樣子，平房，還有記憶中一到晚上沒開燈就黑得可怕的長廊，留在記憶的並不多，想不起來有沒有自己的房間，也忘記是什麼時候離開這裡的。不知道是幻覺還是現實，感覺那個老家，正在逐漸消失，庭園的植物，養在那裡的狗，都化為一塊一塊分子，玄關，大門，就這樣整棟房子都變成塊狀，往天空飄散而去。我吞了一口口水，正望著這壯烈的風景。一塊一塊的分子，曖昧的記憶，童年，家人，到最後變成小小的一粒，在天空閃爍著，然後消失，像龍捲風把房子吹走那樣，我記憶中的舊家就這樣消失了。

我想問一下鄰居，這裡到底發生什麼事。但左右看了一下，數得出來的人家都似乎沒有人在，對於這些鄰居好像還有一點印象，我曾經在很小的時候，到過鄰居家大姐姐的房間玩，但懷疑成分居多，我不敢輕易相信自己的記憶，不可靠啊。最後，我想起我有帶手機。我拿出來，滑過名字是老家的電話，撥了過去，嘟嘟嘟的聲音，似乎是空號，真該死，到底哪裡出了問題。我就這樣站在那棟沒人蓋到一半的三層樓房子前，點了根菸，把音樂轉到感覚ピエロ的〈感染源〉。暫時不知道該怎麼辦才好，房子已經消失了，電話也不通，更不用說人了，什麼都沒有。那麼學校呢？學校應該在吧，雖然我也不太記得正確的位置，但學生時期的記憶是有的，國小就離這裡不遠，被編在9班。國中被編在11班，從國一到國三都是，既然老家已經不在，那去看看學校好了。我這樣想。便騎上機車，慢慢的移動。過程中，我一再的浮現那飄散在天空最終消失的老家，只是想著這件事情。

記憶有點模糊，但我應該是到了。應該是這樣才對，然而出現在我眼裡的只是像公寓的大樓，原本那個國小，現在變成了大樓。我搖搖頭，沒多想什麼。大概是我記錯位置了吧。我再繼續往國中前進，但又只是一片公園，完全沒有建物的痕跡，我開始懷疑自己，懷疑記憶，既然學生時期的記憶還留著，那我就應該沒記錯才對，但為什麼，現實不是如此？我拿起手機，想傳訊息給sabrina，問她學校去哪了，為什麼我完全找不到？手一邊發抖一邊敲著手機打字，距離感的剝離又來了，我覺得手機離我好遠，手被拉得好長，眼睛看著的手機越來越遠，我放棄手機，只是看著這應該是國中的公園，閉上眼睛，不斷的詢問自己，到底哪裡不對？但當然是沒有答案。我張開了眼睛，原本是公園那裡，變成了國中的樣子，然後，開始裂開，變成塊狀物，從實體裂成一塊一塊的，就像老家一樣，又變成了無數的塊狀物，往天空消散而去。簡直像科幻電影那樣，我懷疑著自己的眼睛，然而映在眼裡的，確實就是這壯烈的風景沒有錯。等一切消失在空中，再回來看的時候，又變成了剛才的公園，有人在樹下休息，有人遛著狗，一切都平凡不已，好像只有我是非現實的存在。他們看得見我嗎？我到底存不存在？我想上去隨便呼喊一個路人，想質問他我存在嗎，想了想，還是放棄了。這太唐突了，路人大概會被嚇一跳吧。

最後，我默默的騎回家，音樂轉到了 amazarashi 的〈無題〉Starlight Ver.。我想了想歌詞，一個天分洋溢的畫家與一位女孩的故事，我再想了想 cecilia 與我，但什麼也想不到。現在的我什麼也想不起來，並深陷在記憶的漩渦裡面，吸入大海，沉下去的我，慢慢沒了呼吸，隨著漩渦消失了。就跟我的童年一樣，不，跟我的記憶一樣，雖說是記憶的漩渦，但這份記憶裡面究竟有多少真實，多少虛假，我不知道。但這東西不會騙人的，雖然我想相信，但對自己的信心已經盡失。

我存在嗎？

真的失憶了，就像對 sabrina 說的那樣。

很唐突的，房門響起了叩叩兩聲。此時我拿著 iPod，正在聽著 Fake? 的〈HERE WE GO〉。我摘下耳機，並沒有誰說話，我雖然知道是 cecilia，但就這樣直接打開房門好像不太好，更何況我現在正躺在床上，隔了差不多有三十秒，還是沒有聲音。並沒有誰說話，也沒有敲門聲。

『是 cecilia 吧？』我終於打破沉默說。

「……對，是我，可以進去嗎？」她好像在猶豫什麼的說。

我下床，走到門口打開門，『幹嘛不出聲啊？』我問說。對於這個她並沒有理會，直接走了進來，我一時之間還搞不清楚狀況，她左右看了一下，在我的電腦前面坐下，「嘿，借我查點資料。」她就這樣打開電腦，好像很急的樣子，對此我沒有說什麼，只是走到冰箱旁邊拿起杯子，準備泡咖啡給她喝，好像有什麼預感那樣。她在等電腦開機的時候，只是用手指敲著桌面，我拿起咖啡杯走向她。『來，喝咖啡，妳要查什麼資料？』我問說。

「我想知道去我老家那裡是搭火車快還是自己開車快。」她說。「海盜先生，你會開車嗎？我猜應該是不會。」確實不會開車，我說。

「我下定決心了，要在剩下來的日子，把我的過去時隔二十年再度挖出來，然後把那什麼類似像資料夾一樣的東西攤開來，找到相對應的文件全部再讀過一遍，找到問題，一一解決，就像刑警劇翻著未解決的事件那樣，找到可疑的地方，再跑過一次現場，把所有能問的人都問過一遍，就這樣，順利解決，而那像時效的東西，就是現在的世界末日。」她堅定的說著。

『我覺得開車去比較好，因為一待就不知道是多久喔。開車比較方便，如果問到了可以立刻去，不用等什麼公車。』我說。

「好。這樣說也是。那我來找住在民宿好，還是商務旅館。海盜先生，你覺得我們會待幾天？」她問說，然後敲著鍵盤。

『嗯……我想至少一個月吧。反正最少也要兩個禮拜，要住久一點，選商務旅館吧，也不用考慮什麼多餘的事，進進出出的誰也不會管我們，那裡只是事務的通道，妳也不想進出還要跟主人寒暄幾句吧？我光是想像就覺得麻煩，聽我的，找商務旅館，那種照片看起來完全不起眼的最好。』我說。

「你好像很有經驗嘛。」她好像很佩服似的說。

『那麼妳老家在哪裡？東邊還是西邊？』我問說。

「東邊的鄉下。」她說。「那裡什麼也沒有。據我哥哥告訴我的，我還記得車禍的地方。我來找找離那裡近的旅館。」然後她繼續敲著鍵盤。

『走山線，妳的車有GPS吧，只要定位旅館位置就可以了，我想GPS跟我想的一樣，雖然我是不能體會它的心情。』我笑著說。

「嘿，海盜先生，這樣真的可以嗎？就是……我怕你會被捲入什麼奇怪的事件裡，你真的要陪我去嗎？我不太有自信，也許……什麼也找不到，或者，知道真相之後，我不知道我會變得怎麼樣，即使如此你還是願意陪我？」她好像很擔心的問說。

『沒事。一切都會順利的。妳過去的事一一被解決，找到肇事者，找到那個女人，我們就這樣迎接世界末日的到來。』我說。雖然想摸摸她的頭，但好像並不適合。

「我不太記得我爸跳樓自殺的地方，到時候再問我哥哥好了，如果他也忘了，就去警察局問。」她說。

暫時之間她只是敲著鍵盤點著滑鼠而已，我們並沒有說什麼。

「這間應該可以吧。海盜先生你看看，距離車禍的地方也近，看起來也不起眼。」她示意要我看螢幕。

『嗯……妳決定就好，我這樣看起來沒什麼問題就是。』我回答說。

「好。」她說。「開我男朋友的車喔，我沒有車，跟他說跟同學去旅遊就好，他不會說什麼的，新車喔。簡直暴發戶。」

『對我來說新或舊都沒差。』我只是簡單的回答說。

「海盜先生的行李會很多嗎？我只打算帶幾件衣服，其他的在那邊買就可以了，雖然我是女生，但出門的時候挺俐落的。」她說。

『嗯……我應該也差不多吧，衛生衣跟內褲到那邊再買就可以，一個背包就可以搞定。』我說，確實是這樣沒錯。

「最近你在做些什麼啊？好像很久沒問你這個問題了。」她問說。

『跟國中同學聊天，然後記憶出了點狀況，不過我想應該沒什麼事，就是不知道為什麼某些部分的記憶憑空消失了，不論我怎麼找都找不到。妳還記得以前的事，我蠻羨慕的，雖然不是什麼好事。老實說我非常想逃喔，當發現已經完全失敗的時候。但不行，因為發現失敗而想逃的那個什麼，就是失敗的原因。我覺得自己會變成目前這個樣子是因為太計較，或者太花時間在所謂過程上面才會如此的。』我試著說明。但說到後來已經不知道自己在說什麼了。

「嗯……也就是說，你最近想逃跑？」她問說。

『對，我已經失敗了。然而我並沒有地方可以逃，也不行逃。我只能盡量讓自己回到生活的軌道上而已，就像什麼也沒發生那樣。雖然聽起來蠻狡猾的，但這是我想到的唯一辦法。失敗之後，繼續活著。持續活著。雖然我沒什麼決心。彌補著什麼。』我說。『但有一些事情我要說。人一定會有心理代償，我所認為健康的，是心理就去代掉絕大多數的，而最後是由行動代償去做所謂最後彌補，或者返還，類似收尾的動作。拿以前的日劇《アイシテル－海容》（愛與寬容）來講，野口媽媽就是屬於行動代償大於心理代償的類型，而情況比較不一樣的是，她的心理代償已經超過維持正常生活的標準了，而現實上又一直去用行動來彌補心理，那就會演變成，永遠都代謝不掉的代償，而生活上完全就是重複著「不行，我應該要去彌補。因為那是我的錯，我一定要去還才行，就算這樣做幫助不大，我也還是要去才可以。」不然，那心理上的錯誤點（應該說是自認為的瑕疵），就會永遠的存在在那裡啊。「我的兒子殺人了，我一定要去道歉才行，雖然這樣做一點意義也沒有，我還是非去不可。」沒錯，那一點幫助也沒有。

因為心理代償是盲目而且是實質上的完全自私性行為。彌補的，代償掉的，完全是自己的洞，完全是為了要讓自己心安，不是嗎？為了彌補而做的彌補，已經無法再回來的東西，硬是冠上所謂的彌補。對於被害者來說，那只是徒然的，甚至像是報復性的，重複的讓他們無法脫離已經無法回來的一切。

「你沒有嘴巴嗎？怎麼什麼都不說，回到家的時候就應該說我回來了，出去的時候就要說我要出門了啊？」你沒有嘴巴嗎？強加自己覺得所謂應該有的樣子於別人（小孩）身上，往往，就不會是如此。「但是大家不都是這樣嗎？教育小孩，顧及家庭，……到底是從什麼時候開始他變成這樣子的……是什麼時候……而又為何他會變成這樣？」

代償。找不到適合自己的答案的時候，就是不斷的尋求代償，並且覺得自己已經這麼努力的付出在這個家庭了，為什麼不會像一般家庭那樣呢？一定是什麼地方錯了，這種事情不應該發生在我身上的。無法逃避，還是代償。有些問題確實是人生應該要一直去尋求解答的。（嗯，我只能說有些。）但確實也有些問題（我可以說是絕大多數），是沒有答案的喔。有入口，但只有入口。大概是這樣的東西。』我像是要解釋的說了很多。

「那一部日劇我也有看。確實是個值得探討的日劇，但，海盜先生，你不說我也知道。有的時候，我正從某個地方看著你，只是你一點都沒察覺，我正看著你喔。所以雖然我問了你最近在幹嘛，但其實絕大多數我都知道，在你不知道的時候，我就知道了。」她慢慢的說。

對於這個我不知道該說什麼。一段的沉默。

「嘿，既然都去鄉下了，要不要順便去玩？就在山下喔，往後走沒多久就可以直接上山了，你喜歡山還是海？」她打破沉默笑著問說。

我還在想著，她從哪裡正看著我？

「總之，最近這幾天你準備一下要帶的東西，還不確定日期，但就是最近，我還要去排休才知道什麼時候可以去，喔不，我要請長假，乾脆辭職好了。你覺得呢？」她還是一樣的笑著說。

『請假。辭職這件事情千萬不要輕易的從自己的嘴巴說出口，會跟我一樣的。』我還是在想著，她從哪裡開始知道的？

「好，謝謝你的電腦跟咖啡。」說完她把剩下的咖啡喝乾。「我該走了，掰掰，海盜先生。」然後她起身，打開門的時候說，「你不要想太多啦。我只是知道一些事情而已。我沒有裝什麼竊聽器還是監視器喔。你不用懷疑。」關門之後，我只是站在那裡。不過，如果是被 cecilia 知道的話，好像也無所謂。

倒不如說有種親切感，雖然我們認識沒多久，但我很清楚，她是我生命中無可取代的一個人，對明明一樣只是剛認識沒多久的人，可以這樣對著我說那些，我想她也感覺到什麼了。但無所謂，這世界大家都只是路過而已，你佔著她生命中的一部分，她變成對你來說很重要的存在，這又如何？時間到了，大家都會消失，不管是用任何形式，也不管你記不記得，消失就消失了。

我又戴起耳機，選了amazarashi的〈僕が死のうと思ったのは〉（曾經我也想過一了百了）。我想上樓頂看看。這是個無風且炎熱的下午，時間指著下午的3:12，我想跟謎樣少女說說，其實我自己也沒有什麼堅定的決心，不知道她怎麼樣了？時間上應該差不多已經開完刀了，會不會好好的在自己的小空間裡面喝著酒呢？電風扇吹著，我正聽著LANDS的〈二十歳の戦争〉（二十歲的戰爭），腋下滲出些微的汗。

我拿起iPod跟菸，就這樣往樓頂走去，然而並沒有人。西邊的大樓巧妙的遮住了陽光，看得到大樓裡有一些走動的人影，不過並沒有人停下腳步往這裡看，也許正在跟什麼龐大的建案賽跑，我不知道。角落的躺椅還在，桌上沒有了鋼筆跟墨水，但威士忌跟杯子還在，我想了一下，等一下並沒有什麼事情，並不急著吃飯，該收拾的行李也都收好了，cecilia來的話隨時可以走，於是我就這樣坐下，並且倒了一點威士忌在杯子裡，想加冰塊，但這裡並沒有。我搖晃著酒杯，想想最近接連發生的事，遇到了 cecilia，國中同學 sabrina，以及樓頂的謎樣少女。慢慢的，覺得自己不再是一個人，周圍正巧妙的混入什麼東西，就像在純水注入其他顏色的墨水那樣，慢慢的散開，習慣著，不習慣著。是好事吧，我想。

開始不只一個人的生活之後，又或者說原本只屬於自己的那微不足道的聖域被侵入之後，也開始對於身邊總有一群人的存在本身感到不習慣。因為只要有任何細微的，象徵性的對於自己的好事發生之後，就會覺得這一切的一切都是個騙局。Lie to me。

這世界上絕對不會有好事會降臨在我這平凡無奇的人的身上，更不用說是什麼類似幸福之類的像是甜蜜的陷阱一樣的冰冷爬蟲類。雖然說這看起來很反向負面，其實並不然，因為我的平凡無奇，也包含著生理上的平凡無奇。也就是說因為我是這樣子，所以一些奇怪的小感冒，哪個傷口發炎，甚至什麼現代科學無法醫治絕症之類的也不會找上我，因為我並不特別也並不值得，像是這些東西應該找上在人格上更為突顯或者外在更為活潑的人身上，不知道為什麼我的平凡無奇也包含著這一塊。

那麼我會懷疑自己到底是做了什麼奇怪的事情，究竟為什麼需要象徵性的騙我（就是以讓我知道為目的的騙我那樣子）來得到你們的滿足呢？然而我根本上是知道他們也很無奈。即使像芯的東西已經毀壞，但思考上還是在腦袋的核上。內核與外核跟地函。這就像是某種即時戰略遊戲那樣主要的市政廳被敵方（又或者是自己）摧毀了之後，敵人撤退在沒有干擾的情況下在另一個沒有人知道的資源豐沃的地方又開始蓋起了新的市政廳那樣，就像一切都沒有發生過，紀錄上沒有，敵人也完全不注意你，也許，敵人都是NPC，也或者被認定為是個渣渣完全不想理你。

總而言之，重新得到生存空間的自己，記取了先前滅亡的教訓，再度在這個所謂的地圖上繼續遊戲。也許我要說的就是這個感覺吧，哺乳類在恐龍滅亡了之後得到了異常大的生存空間跟環境，省略掉中間之後，才有現在的人類，然而我們並不知道在恐龍滅亡之前，哺乳類是個多麼微小的存在，小到無法演化（或許吧），小到被那個已經不復存在的恐龍和巨大的爬行類所忽視，小到，也許他們本身根本沒有意識吧。我要說的是根本上知道它（他）們很無奈，這在思考上很直覺性，沒有任何依據，所以我也不知道該怎麼說才好。就像我現在往回頭看不知道為什麼我要舉兩個例子一樣，我對於任何存在在我身邊的好事都感到確切的懷疑。

我真的很懷疑，會不會這一連串都是自己的幻想。那麼我自己呢？感覺得到自己嗎？現在住的地方可以稱得上是自己的家嗎？像是自己的容身之處那樣。這個304號房。

我想並沒有。我並沒有感覺到所謂歸屬感。

從鄉下到城市，這裡到不知名的巷弄一角的加蓋樓層，三十坪到三坪，沒錢還是有錢，這之間，總沒有一個真正讓我想說出『唷，我回來了。』這樣一句話的地方。看似沒什麼區別，反正就是準備睡覺的宿舍類的付費休息時間，在哪都一樣沒差吧……但我總在尋找什麼想要好好維持這個地方的直覺。『我要把這裡弄更好』，『家具這樣擺會更好吧』類似像這樣的直覺，或者是『家電類的要買好一點因為要用很久』還是最單純的『待在這裡很舒服』。我目前仍然在尋找，這也代表著我目前的住所我完全沒有做什麼，就只是把我的東西恰當的擺在第一眼看起來適合的地方，顏色的統一，日照，通風，味道……諸如此類的生活細節我可以說是處於一個中立者的角度來應付，嗯，只是應付。也許，只是我還沒有這個能力去取得我自己的住所吧。

我喝了一小口的威士忌，含在嘴裡，感受酒精的存在之後，吞到肚子裡，感覺得到它在我胃裡燒灼。歌曲轉到了 the brilliant green 的〈冷たい花〉（冷冽之花）。我想辦法放輕鬆的躺在這個躺椅上，這裡我只是經過而已，並沒有到達到哪裡，就像跑馬拉松一樣，也許我只是經過了一個休息站，拿了水繼續的往前跑，然而我看不到終點，不知道為什麼，我感覺得到我只會一直跑下去。也許這個旅程，也是尋找自己歸屬感的旅程。

我點了一根菸，配著威士忌，慢慢的抽，慢慢的喝。看得到吐出來的煙被風吹散的樣子。

又或者，繼續現在的生活，我並不知道，自己會得到什麼。『嘿，我在這裡。』有時候我想這樣說，但總是沒有辦法好好的把聲音傳達到他的耳朵裡面。身為人而且嘴巴可以說話這照理來說已經是不能再習慣的習慣。就只是個神經反應而已。距離感的喪失，聽覺以及視覺的離散，讓我不能控制應該有的音量（或許）。而諷刺的是，這是在我最近比較頻繁的接觸真實的人所留下的痕跡。他們總是在我清醒之前就已經背對著我。我不清楚為什麼最近會有這樣的感覺（錯覺），但我有一種自覺，那裡能映射出我所處的這個世界。因為還是我。

而到底是我背對著他們還是他們背對著我呢？

只要自己還是自己，就可以了吧。我這樣想。我還是我。

突然間一陣耳鳴。是說這個耳鳴，感覺似乎也很熟悉，只要我遇到了什麼思考上的分歧點，這個耳鳴就會出現。其實已經習慣了。我閉上眼睛，讓耳鳴充滿著整個腦部。前一刻所思考的，或者是前一刻所聽的音樂。只要是具有暗示性的抑或重複性的隻字片語，就立刻會在腦部重現，並且無限循環的播下去，而且頻率非常的快又密集，讓人無法有思考的空間，單一的文字或歌詞會重複，然後繼續尋找下個目標，只要我思考的東西轉化成語言的話（思考的東西用腦中的嘴巴說出來時，一般不會說，只會想，我也不知道該怎麼形容），就很有可能會被抓去當素材，環境的影響也有可能，比如說垃圾車，學校的廣播聲，選舉的宣傳車都有過，反正小至腦中的殘片，大至世界的迴響都會，就像是手機的選字可以無限的選下去一樣。

然後，每次當一個片語形成的時候，會有一個類似鎖定的動作，鎖定了之後才會 loop 下去，大概像是兩條曲線交碰在一起的時候，兩個聲道重疊在一起的時候，就是鎖定了。我目前還找不到解決的辦法，有想過去看醫生，但就我所知這種情形也沒有什麼藥可以吃得好的，可以暫緩的方式是聽大音量的音樂，並且把歌詞用腦中的嘴巴再唱一遍，也就是再把樂器音或者聲線再想一遍，充滿整個腦部，才有可能暫時或者把一部分的餘音繚繞剔除。

我把音樂轉成 amazarashi 的〈冷凍睡眠〉。並試著從這洗腦的歌曲，平復耳鳴的狀況。在想了一連串的問題之後，其實根本上我也一樣，就像 cecilia 說的那樣，「我並沒有從過去走出來，現在的我是過去的延續」。抬頭看天空，已經慢慢的暗了下來。

我驚醒，腦袋還留有模糊夢的記憶，看了一下周圍，還是黑暗的，並不是天亮醒來，只是又半夜醒來了。想要再回去繼續睡，閉著眼睛躺了一下卻發現一點睡意也沒有，我放棄，起身看一下手機，時間指著半夜的2:52，我嘆了一口氣，喝了放在桌子邊的水，怪味已經消失了，變成無味但又解渴的水，我就這樣坐在椅子上，既沒有去抽菸，也沒有打開電腦。前幾天在樓頂上想的事情一個都記不起來，想想現在要做什麼吧。這麼一說，這幾天好像沒想什麼也沒做什麼，我再嘆了一口氣，拿起iPod，選了ハルカトミユキ的〈奇跡を祈ることはもうしない〉（我不再祈求奇蹟）。

睡不著怎麼辦？那就不要睡吧，做點什麼事情。來畫東西吧。雖然不知道該畫什麼，但現在只是想畫而已，什麼都可以，最好實體一點，篇幅小一點，大概畫個十分鐘左右就可以結束的那種，我看了看房間，尋找有沒有什麼可以當做素描的對象，冰箱？太大了，而且全白是要畫什麼。陽台的椅凳？不，並不想畫什麼椅凳。電腦？四四方方的好像也不適合。最後我看了一下自己的手，平常不太注意的手，感覺今天好像帶著什麼祝福類的東西出現在我眼睛裡一樣，但自己畫自己的手是沒有辦法的，因為必須要擺著姿勢，當做模特兒那樣讓我畫，然而我又必須要用我的這雙手來作畫啊。上網看別人的手吧，搜尋一下手一定有相當多甚至有些奇妙的姿勢，不得不只好開了電腦，在等電腦開啟的這段時間，我試著回憶學生時期作畫的感覺，讓自己處在當時的創作氣氛裡，還需要配點什麼喝的，那時候是啤酒，那現在就是可樂吧，相當奇妙的氣氛，感覺自己可以畫出任何東西，雖然現在沒什麼工具，大概就只有一枝便宜的自動筆跟A4的紙，不過，那氣氛並沒有維持太久，我馬上就想到現實上，我已經快十五年沒畫東西了，就像沒有冷媒的冷氣，即使打開來運轉，也吹不了涼風了，有的只是比電風扇還熱的空氣流動之類的東西，現在我所能做的，只是拿筆在紙上摩擦，並不是什麼畫畫這樣聽起來具有藝術氣息的東西，刻印著什麼，加深再加深，擦掉什麼，再刻上什麼，只是這樣而已。

首先，我必須去買可樂。我簡單的拿了放了錢包的背包，就這樣下樓往便利商店走去，途中經過的106號房並沒有任何聲響，我打開大門，一樣是無風的日子，但因為是半夜，不至於炎熱，哪裡的空調正大聲的吵著。我慢慢的走去便利商店，「歡迎光臨。」無機能性的招呼語，我去冷藏櫃拿了一瓶可樂去結帳，還不需要提款，沒事。

「先生今天不用咖啡嗎？兩杯大冰美加糖奶。」店員說。好像比歡迎光臨還接近人一點。

『不用，沒關係。』我說。店員竟然記得我，讓我有點吃驚，我的容貌並沒有什麼記憶點，雖然說常常買咖啡但也會買微波食品當晚餐，好吧，大概是記性很好的店員，對此我並沒有多想什麼，只是慢慢的再走回去自己的房間。

喝了一口可樂之後，拿起自動筆，在桌上放著A4的空白紙，深深吸了一口氣，戴上耳機，選了さユり的〈summer bug〉。並不特別喜歡さユり的這首歌，只是確實裡面存在著讓人行動的躍動感。畫畫要慢慢來，手才會安靜。即使如此，畫畫的時間也無法繼續拉長。並不打算上色或者製造什麼效果，只是練習。對，就像以前那樣，拿著自動筆在空白的筆記本上一頁一頁的畫上去。但有一點無法像以前一樣的就是，速度以及時間。以前這樣的東西我應該不需要花到三分鐘。首先，從想像開始就花了不少時間。我想像不出手的姿勢，手的樣子，畫面無法在腦中出現，自然我就無法開始。於是我先把筆放下，用自己的手，看自己的手。手背，手掌，先胡亂的放置，最後才決定先從難度較低的手掌開始畫起，然後再看看電腦上別人的手，還是必須先自己把手仔細的看過一遍才有辦法。拿起筆之後先抓住中心，然後從食指指尖開始與其他的關聯。以久違的第一次來說，想要把整張畫面交代完似乎是一件非常困難的事情。因為這已經不是我所習慣的事情。我就只是（我所能做的）把輪廓描繪出來而已，前後的距離或者畫面已經無法再交代下去。應該是說，我做不到。我目前做不到的事情可多了（單就手與筆的接觸上來說而已）。慢慢來吧。

大約過了有二十分鐘，我停下筆，筆與紙之間的磨擦已經結束，我把紙張立起來，站在離了大概四步稍微有點遠的距離再重新看過，簡單的速寫，不得要領的速寫。雖然看起來像手，但仔細一看覺得只是圓柱體插在四方體上面冰冷的東西而已，遠看並沒有連結到什麼，也感覺不到畫本身的吸引力，終究，已經沒辦法像以前那樣了。我學生時期不畫炭筆，因為我的指紋不夠深沒有辦法把碳粉壓進紙張裡，所以取而代之的是畫大量的鉛筆素描，連考大學的術科考試也是拿鉛筆畫的，雖然已經想不起來題目是什麼，但總之我是拿到了不錯的成績，也順利進入了公立的大學。拿著自己用刀片慢慢削的 4B 鉛筆（我只用這一枝不換其他的）畫著什麼。

還記得在高中的暑假，我為了暑假作業的畫而煩惱，最終我帶了一片CD打開美術教室的門，進去裡面找東西畫，雖然說門是鎖著的，但很多人都知道只要稍微用力的往外拉，門就會打開。裡面設備很好，有不知道多少音箱的音響，跟一堆石膏像，我選了一個看起來很難畫又複雜的石膏像，名字叫什麼我已經不記得了，大而寬敞的教室，夏日的午後，只有我一個人聽著大音量的搖滾樂在畫著石膏像。這個記憶還留著，不知道為什麼很清晰。但怎麼想就是想不起來到底是聽什麼音樂了，反正很吵就是了。教室是在偏後門的位置，旁邊是體育館只隔一條路，所以門口的守衛也沒有發現這裡正大聲的吵著，我想了一下以前的事，把可樂喝乾，看了一下時間，指著半夜的4:03，我往後躺在床上，畫已經畫完了，回憶也回憶完了，接下來該做什麼？正當我準備去抽菸的時候，房門響了，叩叩兩聲，我知道是cecilia，但怎麼會在半夜來敲別人的門？

『怎麼啦？大半夜的。妳怎麼知道我醒著？』我打開門之後問。

「我當然知道你醒著，你不是經過我的房門嗎？聽腳步聲就知道是你了，畫得怎麼樣，還順利嗎？」她還只是站在門口說。

『進來再說，妳怎麼知道我在畫畫？』我讓她進來，把門關上。

「我不是說我正在看著你嗎？我當然知道啊，還一個人呆呆的站在那邊回憶學生的事情，這些事我都知道喔。」她一副很自然的說。

『好吧。畫就立在電腦桌那邊。』我說，並指著電腦的方向。

「現在不是說這個的時候啦！該走了，海盜先生，車子已經準備好，我是來接你的，就在樓下。」她說。

『現在這個時候？不挑個白天的時候嗎？』我問說。

「我喜歡半夜開。不是會先經過西邊的海岸線嗎？可以在那裡一邊看日出一邊開車，我覺得是很美妙的事情喔。然後再慢慢的往東邊開，看得到日落，我都計畫好了，你不用擔心。」她好像很有自信的說。

『好，妳等我一下。』說完我就往陽台走，沒坐在椅凳上就這樣點起了菸，cecilia叩叩了一下門，示意要我快一點。我知道，但必須先抽菸嘛。誰知道這個旅途會多長。

『抽完了，我拿個東西就好。』我說。並把一些日常用品塞進背包裡。

「不要忘記你的音樂，開車的時候我不想聽我的，聽你的就好。」她說。

『這沒問題。』我說。都收拾好之後，我在門外往房間再看了一遍。304號房，不知道什麼時候會回來，突然，我有種不會再回來的感覺。

「走了啦！」說完她拉著我的手往門口走，我只是恍惚的想著家具，電腦，床擺放的位置跟整體看起來的感覺，不知道為什麼，有點想不太起來。

到了門口，車就停在那裡，確實是新車，但我不知道是什麼車型，算了，不重要吧。我打開車門，坐了進去。

「出發了喔。」她小聲的說，好像是要說給自己聽的。引擎發動，慢慢的倒車，聽得到輪胎壓過小石子的聲音，我把 iPod 用藍芽連上音響，選了 supercell 的〈夜が明けるよ〉（天要亮了喔）。

5

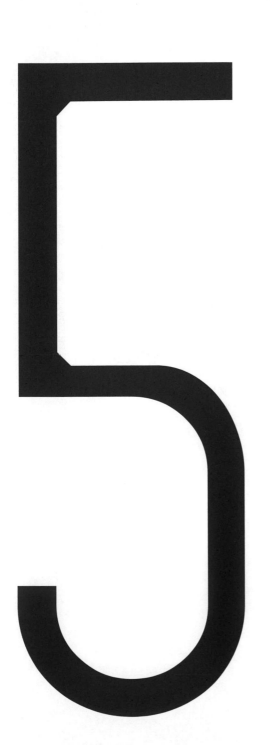

「吶，海盜先生說點什麼嘛。」cecilia說。車子已經開到了海岸線，我看了一下時間，指著半夜的4:59，快要天亮了。車子寬敞，椅子可以調整前後讓腳有放的地方，座椅也是舒服得沒話說，再加上可以用藍芽連結iPod，真的是個感覺非常好的新車，也許我坐車的印象還停留在很久以前吧，還是卡式錄音帶的那個時代，用那個連結耳機孔來播放MP3，真的很久沒坐車了。

『具體要說，說些什麼才好？我這個人很無聊啊。』我說。

「說說你的戀情啊，哪裡認識了什麼女孩，又發生了什麼事這樣子，嘿，你該不會沒談過戀愛吧？」她說。

『有啦，出社會之後有過一段戀情，大概是二十六歲左右的時候，妳要聽嗎？不知道會不會太無聊耶。』我說。

「聽！你知道嗎？坐在副駕駛席上的任務就是要排解開車的人的無聊。」她說。

『嗯……是在公司認識的，相當可愛的女孩，一開始並沒有這種感覺，只是她會單獨約我出去，我漸漸的也感覺到了什麼，上一段戀情是在高中的時候，然而那時候只是想著鑽到女孩子的裙底而已，稱不上是什麼戀情，我想對方也是這麼想的吧。之後我就獨身到了二十六歲，老實說，我想都沒有想到這麼可愛的女孩會對我有意思，真的喔。我這麼平凡，長相也沒什麼好說的，沒什麼特徵，她開始約我去吃飯，上班的時候穿著可愛的洋裝，完全向我傾瀉出她的愛意。』我說。

「喔？那你們是怎麼開始的？」她說。

『有一天晚上她來我住的地方跟我告白。雖然猜想得到，但實際聽到的時候，還是相當震撼的。』我說。然後看了一下她，依然專注著前方。

『我們開始交往之後，一開始彼此都不習慣。畢竟原本並沒有交集嘛，只是在公司見到面而已，大概還處於剛開始交往的羞澀期，嗯……有時候會吵架，只因為一些雞毛蒜皮的事情。她跟別人的交往模式相當親近，然後我就會吃醋，她也回應似的不理我，一開始幾乎都是這樣的事情，簡直像在泥沼行軍那樣，寸步難行。上班的時候相見，下了班就各自回到自己的家。

『我並沒有軟弱到這麼需要別人才能活下去。在得到了「被依賴」之前。我並沒有依賴過誰，我最相信的是我自己。也許在無知或無措的時候得到過許多人的幫助，這些我都還記得，以後也會記得，但那就是記憶在頭腦裡，以前很感謝，現在也覺得感謝，我想之後也會這麼想，或許就這樣而已了。不知道該多說些什麼，也沒有必要。』我說。然後想了一下。

『依賴是一種持續性的，超越自己能給予自己的相信狀態，像這類的名詞解釋上網隨便找找就很多，也許小學抱著的重死人詞典裡面也花了很多的字在解釋依賴這個詞吧，但對我來說這些解釋都跟宇宙的解釋是一樣的，看得到但是遙不可及。指尖朝向這個詞一直前進不管怎麼樣也碰不到什麼的感覺。

即使挖開組成我的千百種成分裡面也找不到，所以我無法正確形容，也說不出什麼關鍵的點，嗯，依賴的解釋，如此如此。那麼被依賴，是一種非常奇妙的存在。我不會解釋所以跳過。當你面對一個對人的比重非常偏頗往你這邊傾倒的時候，在一開始的時候會不得不接，因為深怕他就這麼掉到世界的盡頭了，也許是出於善意，或者是同情吧。畢竟在我的腦子裡不存在這東西只存在一些片段的解釋，導致我對於依賴著誰有著類似「拍拍肩膀，辛苦了，你可以回家了。」這樣的錯覺。也或者是我之前並沒有深刻的想這件事，沒有深刻的體會到（其實是有但並不是在現實），所以下意識的反應之後，還是無視它。』我說。思考著怎麼說才好。

『但它沒有消失，持續在我的現實生活中強硬的存在。我開始思考，到底為什麼會這樣。像我這樣的人到底為什麼要依賴我？這樣真的好嗎？這難道不是一件錯誤的事情嗎？該怎麼做比較好？我開始放大自己，重新檢視自己，並尋找也試著詢問對方，這是怎麼開始的，為什麼會這樣，有這麼多的好人，到底為什麼會是這個我……這並沒有答案，尋找不到，也問不明白。最終我接受了，在習慣之前花了一點時間，習慣之後，開始明白一些事情。那麼是關於什麼的事情呢？或許就是一起繫上蝴蝶結吧。』我說。然後把歌曲轉到 Aimer 的〈蝶々結び〉（蝴蝶結）。

『我當時聽到這首歌的時候，就覺得這首歌的歌詞就是完全符合我當時的心境，妳聽得懂日文嗎？』我說。

「怎麼可能聽得懂。不過蠻好聽的。大概在說什麼啊？」她問說。

『嗯……不太好解釋。大概就是要繫上蝴蝶結的過程，需要同時出相同的力氣拉開才會變成一個漂亮的蝴蝶結。當然這只是其中一段。』我解釋說。

「蠻美的，你那個時候聽了之後感覺到什麼？」她問說。

『人和人的心不只是因為調和而結合的。可能是因為傷痛與脆弱，這些才是像人與人的心擁有的形式。並不是像夜晚的星空那樣單單只存在著星星之間最近的距離而看起來像是結合那樣，這也許是複雜，要經過傷痛與包容的，吶喊的夜晚，無言的冷戰，離開過，再回來，諸如此類的過程最後才會結合在一起。我想說的只是，這是非常難得的東西，誰都必須要保護它。』

『我並沒有軟弱到這麼需要別人才能活下去。我也沒有堅強到不需要任何人就可以活下去。』我說。這是我當時得到的結論。

「你有跟她說你的這個想法嗎？」她問說。

『沒有。我並不是會說出心裡想的話那樣的人。不過我也有給她聽這首歌，現在想想，如果有確實傳遞到就好了。後來，我們同居，一起在外面租的房子生活了一年多。那時候蠻快樂的，放假的時候一起去吃什麼小店的美食，晚上睡前聊一聊以前種種的往事，甚至聊一聊就聊到天亮，然後我就去附近的早餐店買早餐，一起吃著，再繼續聊些什麼，真的聊了很多喔，對於彼此的往事，她說說她以前的男朋友，我說說我曾經曖昧的對象，她說說她喜歡的書跟作者，我說說我喜歡的劇跟編劇。很多很多，我現在沒辦法一一想起來，總之，我們從白天聊到睡覺，甚至連自己的時間都沒有了，那時候，我玩著遊戲，讓她也一起玩，我們一起升級打怪。還有一次一起去聽 amazarashi 的演唱會，原本我聽過但不是特別喜歡，聽了現場之後才像按下了某個按鈕那樣，徹底的喜歡上 amazarashi，都是因為她。』我說。

『我喜歡她穿絲襪配上小洋裝的樣子，她也會在我們外出的時候換上，我這個不起眼的人旁邊竟然有這麼可愛的人挽著我的手一起走在街上，如果我是路人的話，一定覺得這男的應該是有很多錢吧，有時候不由得這樣想。不過，只有這一年而已，因為某些事情，我們兩個都沒有了工作，只靠積蓄在生活，我想沒了工作開始，就是我們的下坡吧。』我說。

「嘿，海盜先生！看得到日出了！你看右邊！」她激動的說著。

現在的我並不想看什麼日出，不過還是照她說的往右邊看，只覺得一個像燈泡的東西浮在海面上。我看了一下時間，指著早上的5:46，天空慢慢的開始亮起來，感覺得到從微光變成光線，我又再把歌曲換成了school food punishment的〈電車，滑り落ちる，ヘッドフォン〉（電車，滑倒，耳機）。

「好！繼續前往目的地！突然間幹勁都來了！對了，海盜先生，你話才說到一半呢。」她說。

等到周圍被光包圍的時候，看得到像灰塵一樣的粒子懸浮在光裡面，我第一次完整的看到車子內部的全貌，優雅的黑皮革包覆著座位，GPS的位置還有各種的插槽，應該是充電跟各種不同型號的裝置用的吧，沒有放CD的地方，應該新車可能都沒有了，後面的座椅上放著幾個大袋子，應該是她的行李，還有幾個小抱枕，後視鏡上除了行車記錄器之外，掛著幾個沒看過的吉祥物小娃娃。我不太會形容車，對於一個外行來說，看到的差不多就是這些了。

『剛剛說到哪裡？』我問說。

「同居一年之後，開始走下坡的地方。」她回答。

我停頓一下，選了ハルカトミユキ的〈LIFE 2〉。

『喔。同居的後半因為都沒有工作了，我自己的積蓄也花得差不多了，就開始跟她借錢。真的是該死的男人，竟然跟自己的女人借錢。現在想想真是不可思議，竟然會這樣做，但當時沒辦法，真的是沒錢了。找工作也找得不順利，到處去面試，到處碰壁，可以說到了人生的低潮期，這時候，有人問我要不要去做網咖的工作，我沒有想的餘地，只能去了。是大夜班，沒什麼人，錢很少，我記得我只做了沒到一個月網咖就說要換成賣3C相關的東西而關掉了。我繳了那個月的房租，並開始想之後該怎麼辦才好，已經不能再繼續住外面了，房租太貴了。於是我跟她商量，決定暫時她搬回她老家住，我搬回我老家住（雖然現在已經不存在了），然而這時候不知道哪來的自信，我向她求婚了。當然沒有什麼浪漫的儀式，只是口頭這樣說而已，應該是覺得船到橋頭自然直吧，現在雖然想不太起來當時的心境是什麼，不過我是滿懷自信的跟她求婚的，這又是不可思議的一段。』我說。

『我搬回來之後，積極的開始找工作，存了一點錢，買了一個戒指。什麼都沒有的戒指，沒有任何的花樣跟裝飾，我忘記多少錢了，反正相當便宜。我自己則沒有買自己的，因為並沒有戴裝飾品的習慣，想說不要花這個錢好了。就這樣，我們選在一個中午，到了鄉公所去辦了結婚登記，那天她一直看著我，我還記得，是充滿愛的視線。然後我們到便利商店去商量之後該住哪裡，最後決定搬到她家去住，那時候還沒有覺得什麼，我們各自回家，我開始整理行李，我壓根沒想過，結婚是兩個家庭的事情，也是應該要對知道的人負責任的事情，我很單純，只覺得相愛就可以結婚，而結婚就該住在一起，雖然想讓她搬到自己家，不過她不適合我們家，我強烈的感覺到，那既然如此，我就搬過去嘛。聽起來理所當然的事情，沒想到之後會變成這樣。』我說。

「怎麼樣？」她問說。

『我同樣也不適合他們家啊。工作換來換去，在家裡也找不到屬於自己的場所，在哪都不安心，覺得隨時有人來干擾我一樣。我並不適合跟不熟的人住，尤其是長輩。我跟我前妻的房間是在二樓，我們電腦放的書房也是在二樓，這中間只有一點點的路程，只是通過而已，然而每次要走過去我都覺得很遙遠，聽得到樓下正在講著什麼，講什麼我都覺得是在說我的壞話，我跟我前妻都不會煮飯，所以是岳母煮，每次到了中午的吃飯時間，我只是覺得厭惡而已。索性乾脆就睡到下午再說了。然而那時候覺得我會習慣的，沒事，這只是過渡而已。在人與人之間拉扯著自己，要跟前妻之外的人相見真的是一個很討厭的事情，終於就這樣，過了差不多快一年半。』我說。

「然後你習慣了嗎？雖然我已經猜到結局了。」她說。

『當然是沒有。我前妻算是對我相當好了，不會跟我要求錢的事情，然而這也是我的敗因。我並沒有什麼能支撐她的東西，我單方面的往另一邊傾倒，並不是往我前妻那邊喔，是別的，另一個方向。結果有一天，她說了「如果你想繼續溺水的話，我可能會不知道該把你拉上來或者一起沉下去，我沒有十足的把握我有拉起你的力氣，可能會跟你一起沉下去，或者我自己浮在水面，我已經不想要溺水了。」』

『很抱歉，我目前想繼續溺水。也不想上岸，也不想浮著，我只是活著而已。』而我說。

『很明顯的，她已經不想再處於這種低迷的氛圍，或者說，她剛從這種要繼續低迷下去的狀態下脫出。然而，我現在只是活著而已，為了活著而活著的那種，並沒有感受到某種光環，也沒有得到什麼加持，這可以從我的職業上看得出來，我目前，這一年已經換過無數工作，全部都是被老闆說不適任或者是不適合，而全部都是服務業，從炸雞排，水果攤，攝影助理，我全部都做過，最長的只延續了四天，最短的一天，全都是要面對人群的工作，我覺得我並沒有也不想要跟人類相處，所以自然而然就被放棄了。』

『他們都說是因為我的個性，工作態度，而我覺得我只是在工作而已。所以我活得很累。工作對我來說就是公事公辦，不需要參雜感情，只要理性一點。像是攝影助理的工作老闆跟我講了非常多，還分析了我的個性，他說了我們要面對的就是客人，我在那邊拍照帶動氣氛，而你只是冷冷的站在一旁，客人會觀察我們之間的互動，要讓客人相信我們而不是懷疑，也講到辦公室的氣氛，說我也不打招呼，一進公司就到自己的位置上打開電腦不知道在做什麼，連句早都不會說，而且很被動，我說了你才會去做，如果我今天拍照出去外面，那你豈不是整天就坐在電腦面前嗎？講到我的工作態度，說我第一天不應該準時到，而是要提早到，早個半小時看會不會需要幫忙這樣子。』

『我整個就很放空，因為我從一叫我到椅子旁坐下我就知道他要說什麼，我已經習慣了，我就是非常討厭工作，對我來說這只是持續性的消耗某種精力而換來的金錢行為而已，對我來說也感受不到任何意義，什麼服務態度啊，熱忱啦，積極上進有責任感什麼的，我全部不想知道也不想了解，每天起床第一件事情就是想到我等一下就要去工作了，然後就放棄自己，抽大量的菸喝大量的水，打開遊戲掛網，懷著厭惡自己的情緒。』

『我沒有自信，這件事是我最有自信的事情。這件事沒有辦法改變，從我有記憶以來就一直是這樣了，就這樣二十幾年了，絲毫沒有改過。到目前為止，我不知道有多久是真正放鬆的待在舒適圈裡面，有我想只佔了百分之十而已，絕大多數都是厭惡自己的情緒，尤其是工作。我不知道要怎麼樣上岸，也不會想要浮在水面，更不覺得會有人來救我，就讓我繼續溺水，掙扎，最終死亡，我想這是目前我的生存意義，暫時還沒有辦法擺脫。前妻說我可以的，可以上岸或者浮在水面，不一定只是溺水而已，但我仔細的想了一想，我並不知道。真的不知道。就像我看劇只是選擇說故事類型而不喜歡傳達某種情緒，就像我看坂元裕二跟宮藤官九郎的劇，就完全是劇情，知道了也沒辦法改變什麼，我挑的，都是比較薄弱的戲劇，像是《Unnatural》這種每一集都是要傳達某種東西給你的劇我就不是很喜歡，也不像是我會挑的類型，雖然看完了但無感，雖然知道它要傳達的東西但拒絕接受，看有劇情的故事才是我會挑的那種，所以我對於美劇也無感，看書也只看小說而不看觀念書。這可以得知我的某種偏向，就是知道了但不想改變，單純的屬於懶散甚至是放棄，放棄自己，放棄得到某種新觀念，笨錯地方所以活得很累，只是笨在不知道怎麼活下去而不是連怎麼活下去都不會想的那種笨。我前妻也是，但她似乎開悟了而我卻沒有，所以她現在是浮在水面，或者一邊想要抓住東西而一邊溺水，正在努力的想脫離這種現況，而我是慢慢的被海所淹沒，她想拉我一起上岸，只是沒有十足的把握可以拉得了，也有可能會一起沉下去也不一定，然而我就只是活著而已，這我很抱歉。非常抱歉。我真的很抱歉，但我沒有辦法做什麼。現在，我又繼續做回半夜的工作，要穿梭於小巷弄之間，一邊聽著音樂，這我之前已經做過兩次了，沒有問題。回到我的舒適圈，不用再擔心什麼，我這樣對我自己說。』我說。

「什麼工作啊？半夜？你之前的舒適圈是什麼？」她問說。

『送羊奶。半夜三點到五點半左右。每次我走投無路的時候，就會去送羊奶，因為總是缺人，大家都做不久，錢太少了嘛。週休一日，沒有國定假日，月初還要挨家挨戶的去收錢，妳知道嗎？收錢這件事真不是人做的，要別人掏出錢真的是一項很困難的工作。』我說。

「回去之後有變好嗎？你的舒適圈。」她問說。

『我跟她的時間完美的錯過了。每個早晨總在吃完兩個饅頭加肉鬆，喝完咖啡就這樣草草結束了。大約到七點或八點，岳父岳母六點半開始陸續起床，所以我六點半前裝好水，冰在冰箱，然後就開始動作慢的開始今天的一天，也是今天的結束。不存在睡了多久這個問題之後，腦袋顯得格外的清爽，不需要思考我到底睡了多久，有沒有作夢，夢到什麼，只是覺得騎了長途腦袋格外的清醒而已。這時候不管喝即溶的咖啡還是喝杯裝的黑咖啡都能達到催眠的作用（沒錯咖啡對我來說是催眠的）。不需要面對現在的勇氣，連接今天的一切還是會到來，太陽會升起，家人會起床，鬧鐘聲，鐵捲門昇起的聲音，什麼都不需要思考，只要想著「我要睡覺了。」這樣就好。漸漸的惰性思考之後，睡意就會降臨，清醒被抹煞。』我說。然後想了一下。

「嘿，海盜先生，前面有個便利商店，要不要休息一下？你說這麼多口也渴了吧。路途還有一半，你可以慢慢說，前面就是山線了，除了喝點東西，也要買一些吃的，還要上廁所，開進去了之後就停不下來了。」她說。

『嗯……好，我也想抽菸。』我說。然後車子慢慢的滑進便利商店的停車格，我下車之後沒有馬上去買東西，只是站在原地，陽光正耀眼所以省掉了抬頭的動作，點了一根菸之後，慢慢的抽著。

時間還很長沒關係。菸剛點著的時候我這樣想。

cecilia買了一個飯糰跟茶，我則買了一個大亨堡跟可樂。就這樣，我們回到車上，往山的方向前進，吃完之後塞到一個塑膠袋，綁起來，放到後面去。

「海盜先生，後來呢？」她問說。我選了さユり的〈フラレガイガール〉（被甩的男男女女）。乾咳一聲，想著該怎麼說。

「你花了很長的時間磨光我的耐心。」我前妻說。

『這是我自己的課題，沒辦法找人求助也無法找人求助。我要想辦法重拾我的自信。也許可能本來就沒有，但至少恢復到以前那樣「看起來」有什麼的樣子，我已經花太多時間在所謂崩壞的路上，我如果想要走回去的話，必須連我現在的根一起拔起，慢慢的拖回去，然後深入，盡可能的越深入越好，也許這樣講有點抽象，反正就是 home way，之前有人說過我是黑暗中的平靜，是一個穩定的存在，那我現在就盡可能的回去我的黑暗中的平靜，看起來「有什麼」的那樣子，並且保持不動，我想，多多少少會看起來好一點，這條路上全部都是我自己犯的錯，自我崩壞，我除了要避免相同的問題再發生，也要避免我之於外在的感觀，這聽起來有點不像我，但我的目標是看起來好一點，自己發生什麼能說的當然會說，但我想會默默承受比較多一點，這就是我，不會變的。在回歸的路上，不管多荊棘多慢，我要想辦法自己來，因為在回去之前，現況可能不太會有改變，這就是我目前所處的環境。不要緊，只是把重心從這裡移到那裡。根本的我是不會改變的。那這樣有用嗎？老實說目前我不知道，我只知道如果現在不做點改變的話，只會變得更糟。沒錯，只會更糟。我說過我是一個在買筆的時候就已經預見寫不出來的那枝筆了，現在我能預見的，只有離開。我想我會失去很多很多，到最後又變回去二十初的那個我，這不是我想看見的，但我已經看到一點縫隙了，熟悉的縫隙，但絕對不是我的舒適圈，那裡的我不應該待著，我絕對要避免。

『一切都是從搬來這裡開始（妳可以說這是藉口沒關係），到了一個陌生的環境，完全沒有屬於自己的空間，連思考都不屬於自己了，我只感覺到沉重的壓力，二樓的書房勉強可以算是自己的區域，但只要出了這裡，我就會預想到我必須要面對誰，那個誰我必須要裝個樣子，好讓彼此不再尷尬，連裝個水，泡杯咖啡，我都能預見到那個誰不再理我的樣子，這一切都是我要避免的，所以，我很累，也許這在別人來說是理所當然的事，但現在是在說非常私人性的事情，一般論就免了吧。現在這個上班時間有屬於我的時間，在那裡誰都不在，只有一個我。這對我來說非常的放鬆，我可以恣意的開關冷氣，我可以恣意的上下樓，但也僅此而已，過了一小時，這時間就過了，家人陸續起床（家人？是外人吧），我又縮回去自己的書房，喝大量的水，抽大量的菸，開著電腦不知道自己下一步該怎麼走才不會導向毀滅之路，然後，自我又被毀滅了，這個我什麼都不會做，只會一直思考下一秒該怎麼走，實際上外觀來看是個完全沒有靈魂的生物，整天飄來飄去，留著軀殼實際上只是脫殼的那個靈魂，這很顯而易見的，只要照照鏡子就能知道，我不喜歡洗澡，不喜歡刷牙，不喜歡洗臉，長滿鬍渣滿頭油的我映在鏡子裡，看起來就像別人一樣，然而那就是我，每當我意識到這個的時候，只是驚覺，並不會做什麼，這就是現在的我，寄居的我。』我說。

「那你是怎麼解決這個問題的？」她問說。

『我一直很想搬走，這一點我有提過，前妻也提過，說我們可以去別的城市啊。但經濟上不允許，這是非常現實的問題。在這裡有免費的三餐可以吃，照理來講應該是存錢的好時機，然而也是因為這個，就是「工作」這問題一直困擾著我，我大概花了快兩年的時間在上班與否（已經在別人麾下），想理由編理由不去，為了什麼我不知道，我只是不想去而已。這一定也困擾著很多人，但他們都會去，一切都是為了錢。很幸運的那時候的老闆對我還不錯，都沒有說什麼，不過最大的敗筆在於我不珍惜，我辜負了他的期望，到最後我離職的時候什麼也沒有，只領了幾千塊就這樣劃上句點。到這個時候，我也已經毀滅了，別人的期望也落空，我變得什麼也沒有，就像前面提到的那樣，現在，已經不是工作最巔峰的時期，這樣能夠做些什麼？我不喜歡別人，所以找了現在這個半夜的工作，但經濟上就是不穩定，我還是沒辦法搬走，並且可能也不會有存款，我能做的只是維持現狀而已。怕東怕西的什麼也做不了。我的立場永遠是在於被動的立場，原因也是因為我沒有歸屬感，覺得自己不是自己，無法以自己為起點來思考事情，永遠都是她會怎麼想，她會怎麼做，我如果做了這件事情她的反應會是什麼，我無法脫離這種窘境，看起來是很怕老婆的那種類型，然而我只是在處理事情而已。啊，她工作回來我要問她今天發生了什麼好玩的事情，她出門回來我要問她今天去了哪裡玩，一直都是這樣的，完全被動，並不是我真的怕老婆，而是我無法在這裡以我這個預設立場去想事情，但我也找不到出口，那麼我沒辦法以我想事情怎麼辦呢？就只能以她的角度去想事情，這是毀滅性的缺點，為什麼這樣說？因為夫妻是平等的，今天我也不是年輕的十八歲，她也不是，我們都是大人了，該有的思緒都有，這種事不能當藉口，但我就是沒有辦法，在我脫離這裡之前，我們就不是平等的，明明要用一樣的力氣去拉蝴蝶結才會漂亮，但就是歪了，像是螺旋一樣的東西根本的歪了，所以這是毀滅性的缺點。下班會想買早餐給她，出門去便利商店會問她要不要買什麼，飲料也是兩人份的（雖然她沒回來我常常自己喝掉），看似美好的一切，其實只是怕她會生氣，那我自己的感受呢？這樣的事我真的很久沒有思考過了，嘿，你如果不再是你，那就只是以人為型態的屍體而已。』

我說。然後把音樂轉到9GOATS BLACK OUT的〈sink〉。

『我好幾次都想跟她拋下這一切去別的城市，讓我找回歸屬感，也能找到好工作，就像之前租屋時那樣，一放假就打掃，注意擺飾，買個便宜的家電，放假就出去吃飯，即使上下班時間不一樣也沒關係，一起對等的聊天，對等的討論一些事情，在那裡只有我們兩個人，不需要在意什麼外務，我只是想活出這個我，這樣想很自私，我知道，但我覺得就是要在以自己為基礎下，別人才會產生，這是我一直以來的想法，每個人都是不一樣的，但講下去會扯到很遠的地方。不重要，我也希望偶爾我會為了一些事情而生氣，會有情緒，即使這樣我們可能會常吵架，但也絕對不是現在這樣一面倒的情形，對，我希望這樣，如果有一天我們真的離開這個家了，我希望這不會變成我的習慣，這很重要，因為我已經這樣過了快三年了，我不知道會不會喪失掉一些重要的自己，還來得及，我一直給我這個想法，然後去找我的兼職工作，這是我的動力，也是唯一的出路，「還來得及」。

現在，暫時劃上句點，應該是說我先逃離這裡，躲到藥裡面，想著我可能的未來十年，伴隨著藥性而睡去。我沒有未來，對於人的恐懼是不會習慣的，我只能習慣。至於回到最根本的問題，現在我該怎麼做呢？我只能一邊灑下種子，一邊苦笑著說「看畫啊，聽風的歌。」』我說。然後嘆了一口氣。

「感覺……你很累。送羊奶錢一定很少吧，有找到兼職嗎？光是顧自己就來不及了，怎麼有心思顧其他人。」她說。

『這倒不是什麼藉口，她並沒有跟我說經濟上的事情，我覺得最大的敗因還是在於，我住在她家。可能吧？』我說。

「後來怎麼了？」她問說。

『大約又過了半年，我每天早上睡，快晚上才起床吃晚餐，然後開著遊戲掛著，自己則躺在床上，我就這樣，迷迷糊糊的，大概到晚上十點就會繼續睡，然而沒吃藥根本睡不著，就只是癱在那邊而已。大約半小時就起床去抽菸，然後繼續躺著，我前妻說我很像飄來飄去的幽靈，我知道，然而這時候我並沒有注意，我跟她已經沒有任何互動了，她忙著白天的工作，回到家吃完晚餐就熱心的可能追劇或者打文章，而我則是躺在寢室裡，兩個人之間沒有交集，連一起去便利商店都沒有了，以前可能會一起在半夜買個烤肉串跟飲料，然而我半夜要上班，已經不再兩個人出門了。』我說。

「就像你前面說的，兩個人完全錯開了。」她說。看得到 GPS 不是單線的山路了，已經進入市區。她沒什麼改變，依舊緩慢的注視著前方。

『最終，她還是跟我提了離婚。我說現在是我的低潮期，希望她可以陪我熬過這段期間，然而她只是說那我不是很倒楣嗎？我就知道，一切已經無法挽回了，我就沒有說什麼，只是說我近期找時間搬回家，搬回家之後也沒什麼特別的感觸，只是覺得又變回來了。我甚至還會覺得，下一秒她就會出現在門口，慌慌張張的打開門，看著我。我驚覺，下意識的起身往門口就跑。然而出現在那裡的，只是一面牆壁而已。無論怎麼說，她已經不可能再出現了。』我說。

「然後就找到了上一份工作，受傷前一直待的那裡。」她說。

『對，大約過了三四個月。我總算從低潮期走出來了，應該吧。我不確定，也許還在持續中，但是我確定了一件事，我不是冷靜，我只是冷血而已。』我說。然後把音樂轉到 amazarashi 的〈タクシードライバー〉（taxi driver）。

「怎麼說？冷血？」她問說。

『雖然說順理成章的結了婚，然而我可能並不愛她，最初也是她先喜歡我跟我告白的。我想，我還是比較適合一個人，兩個人在一起太困難了，也許我並沒有真正的愛過誰吧。我連自己也不愛，什麼都不愛，我只是喜歡喝咖啡，喝可樂，喜歡抽菸，喜歡一個人。我從來沒有從喜歡這個詞跨過成為愛這個詞，愛？聽起來像是遙遠的國度，我並沒有資格擁有愛這個詞，我只是……一個冰冷的冷血動物。』我說。

「嘿，海盜先生。雖然我可能沒資格說什麼，但這世界並不是充滿愛的。其實只要喜歡什麼，就可以了，不一定要是人，可能只是個事物，像你喜歡抽菸，那就夠了。愛真的不是那麼重要，我也不愛我的男朋友，也不喜歡自己，這都沒關係。坂元裕二說過，『人如果不假裝是好人的話，是沒辦法成為真的好人的。』也許，我們都在假裝的途中。」她說。像是要鼓勵我那樣。

對於這個我並沒有說什麼。也許現在保持沉默比較適合。

「快到了喔。東西收一收。」她說。然後把車子滑進路邊，旅館並沒有提供停車的地方，只能停在路邊。「這邊應該可以停，暫時先停在這裡吧。旅館在前面一點的地方，呼，開了好久，總算可以休息了，走吧，海盜先生。」

6

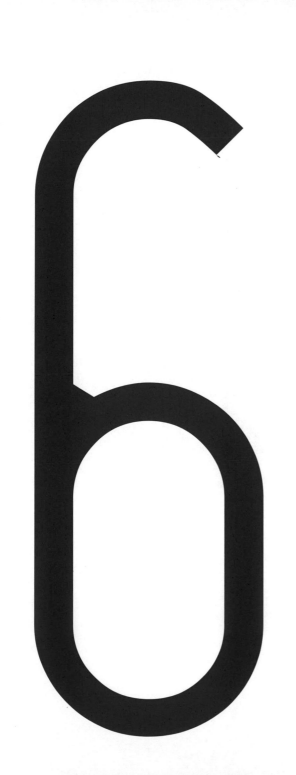

聳立在我們眼前的，只是一棟灰色的四層樓建築，沒有多餘的設計感，只是機能性的夾在隔壁兩棟大樓之間，也沒有名字，只是在門口上方寫了HOTEL這樣的字樣。我揹起我的背包，cecilia拿著她兩大袋的行李，暫時只是望著這棟大樓，我似乎還沒有講完，但，好像也沒必要再講下去。已經夠了。

『我在外面抽根菸，妳先進去辦一些手續拿鑰匙吧。』我說。

「快喔。」說完她拿著行李往裡面走，不起眼的櫃台正坐著一個無表情的中年女性，好像一直都沒有客人的樣子，看到cecilia走進去有些緊張的樣子。

我從背包裡拿出菸用打火機點上。一直以來都是cecilia跟我說她的事情，我自己主動說這麼多倒是第一次，其實並沒有什麼感想，與另外一個人擁有記憶本身感覺並不差，雖然我已經不知道前妻怎麼看待這段事情，不過，被討厭也是理所當然的吧。

cecilia把行李就這樣放在櫃台旁，好像辦完手續了，她走出來，我正準備擰熄這根菸。

「304號房喔。我特別選的，有沒有覺得很親切。」她說。

『其實哪一間房都無所謂。』我說。並跟著她的腳步進去旅館，並沒有多看建築物的內部，只是覺得一點都不重要而已。

「其實啊，我覺得你前妻也沒有錯，你也並沒有錯。我覺得婚姻最可怕的就是必須誰要住進誰的家，不管是男方還是女方，這都是相當可怕的事情。因為這並不公平，壓倒性的不公平。一個是從小長大的地方，一個是陌生必須應付的環境，這怎麼樣都說不過去，就這樣兩個人快樂的交往不行嗎？為什麼一定要結婚呢？我搞不懂的是海盜先生的這一點。」在搭電梯的時間她說。

『我自己也搞不懂。』我搔著頭說。真的搞不懂。但現在說這些有什麼用呢？

走廊的牆上一幅畫也沒有，但卻有奇怪的壁紙蔓延著整條走廊，讓我不注意也很難。房間是在右手邊約二十公尺的地方，大門上面貼著好像從大賣場買得到的號碼牌，門似乎不用鑰匙也打得開的樣子。

「我自己也不知道裡面長什麼樣子喔！網路上並沒有附房間內部的照片，準備好了嗎？」她問我說。看得出來她確實不知道，有一點雀躍的樣子。

打開門之後，首先映入眼簾的就是離門口不遠一張蓋著純白床罩的雙人床，上面擺了四個枕頭，也是純白的，並沒有電視，在窗戶邊有一張簡單的木製桌子跟兩張椅子，窗戶並沒有打開，反而浴室是在床的後面，我走進去，洗手台排放著至少三天份的牙刷跟牙膏，兩個杯子，並沒有洗面乳或洗手乳只有肥皂，兩條大的浴巾跟兩條小的毛巾，至少淋浴的地方是有隔開的，還好我想，我不喜歡洗完澡滿地都濕的。一切都說不上有什麼感覺，確實是個很機能的旅館。

『為什麼是雙人床？』我問說。

「304號就是只有雙人床嘛。不用擔心啦，還有備用的棉被，我不會趁你熟睡的時候跟你搶棉被的。」她說。

倒沒什麼不便，我走去窗戶邊打開窗戶，確認一下自己抽菸的地方，雖說沒有獨立的陽台，但窗外有小小的放盆栽的檯子，我把盆栽挪到旁邊，先用手出力的壓看看，感覺算牢固，至少我坐在上面應該不成問題，就這樣側身坐在窗外抽菸吧，雖說還是會有煙味飄進窗內，不過也沒辦法了。

「其實我不太介意煙味的，只要通風良好，不要悶著就好，悶著的尼古丁跟焦油的味道我才是真的受不了。你不用坐在外面啦，拉一張椅子去窗邊抽就好，你看，還有菸灰缸，這個304號房真的很懂你。」她說。真的不介意嗎？很臭的，沒關係，她說。

我走去浴室打算盥洗一下，想一想被她拉出來是在半夜接近凌晨的時候，都還沒有洗臉跟刷牙，用肥皂洗臉就好了，但為什麼是三天份的牙膏跟牙刷呢？我看著用塑膠紙包著的六根牙刷跟六條小小的牙膏想，大概不是每天都來打掃的旅館吧。無所謂，這也不重要。我拆開牙刷的包裝在上面把一條牙膏都擠光，簡單的刷牙，然後用肥皂洗臉，並沒有附刮鬍刀，必須要去買啊我想。

這時候 cecilia 已經把床罩拆下，在上面鋪了兩張棉被，看起來在這個季節還算厚重的棉被，有冷氣嗎？我已經好久沒有吹冷氣了，我尋找著冷氣開關，就在進門的地方，我打開，似乎很久沒開了，有一股熱氣先吹出來，大概過了四五分鐘才慢慢的變冷風，聲音並不算小，看樣式應該也是很老的冷氣了。

「開了好久的車，我先睡一下喔。現在幾點？」她問說。

『等一下。』我並沒有手錶，我唯一的時鐘就是手機跟 iPod，我走到背包旁拿出手機。『現在是早上的 7:36，妳慢慢睡沒關係。』我說。開了快三小時，我講了這麼久啊。

「好，你還沒有要睡吧？大概十點叫我起床就好。」她說。我示意沒有要睡，會叫她起床，她就把棉被蓋上，往我的反方向側躺過去了，其實冷氣還沒有完全冷，不過說實在也不是特別的熱。

我繞過床在窗邊坐下，看得到 cecilia 正潛入睡眠，我突然想起樓頂的謎樣少女跟國中同學 sabrina，對了，我應該確認一下學校是不是真的消失了。我拿起手機，稍微猶豫了一下，結果先拿起 iPod，把耳機塞入耳朵，選了J的〈walk along〉，調整一下呼吸，傳了訊息給 sabrina。

『妳在忙嗎？』我說。

「沒事，正準備工作，你說，怎麼啦？」大概過了五分鐘她回說。

『妳最近有回去我們念的國小跟國中嗎？最近有點懷念想回去看看。』我選擇用語說。

「喔，我沒有回去了，說到底我一點都不想想起學生時期的自己，同學會結束了喔，我也沒有去。」她說。

『因為太久沒回去了，學校沒有廢校還是遷移吧？』我覺得直接問好了，似乎繞不到我想要問的地方。

「嗯……我記得國小幾年前新建了一個對一般市民開放的游泳池，瞄新聞的時候瞄到的，所以不太可能廢校吧？國中的話，我認識一個比我們晚從那裡畢業的學妹，工作上認識的，大學還跟我念同一間，沒聽她說學校發生什麼事了。怎麼，你問這個做什麼？學校不會輕易消失的啦。」她說。

『喔，那就好。』我說。然後感覺口腔內有吞不下去的口水。確實失憶了，不過我不打算說連童年的記憶也消失了。

「你應該不是會懷舊的人吧？至少就我的感覺是這樣，我的直覺告訴我，你一定發生了什麼事，對不對？我的直覺一向很準。」她說。我不由得捏了一把冷汗，還真的是很準。

『沒事，妳不是要工作嗎？要見客戶還是要去工地吧，有空再跟妳聊。』我說。感覺突然有點緊張，想趕快結束這個對話。

「好啦。沒事就好，我真的要忙了。掰掰。」她說。

把手機放到桌上之後（其實我是蠻想直接摔到桌上的），我暫時想不到什麼，腦袋只是一片空白，任由音樂在我耳朵裡打轉，然而我聽不清楚，有的時候，聽音樂只是種習慣。

我看了往窗戶這邊側躺的 cecilia，本來顯得大的眼睛現在閉上之後，只覺得是再平凡不過的女孩，再想想發生在她身上的事，幼稚園媽媽車禍過世，國中的時候爸爸跳樓自殺，然後我突然想到不知道在哪本書上面看到過的詞：星旅。它上面我記得是這樣說的：『星旅是經由神祕的通道旅行，想像自己在一個地方然後快速進入一個合適的通道，另一端的目的地就在眼前出現。』這個詞好像不適合套用在她身上，想必她經過的旅行，一點都不快速，反而是經過了像荊棘一樣的道路，現在才安穩的睡在這個床上，然後現在，她要回頭去那荊棘之道，把那道路和現在連結上，連結好像也不是，回去那荊棘之道，披荊斬棘弄出適合走的道路，然後再一次的從那裡走過吧。

反而是我，確實是經由星旅到現在這個窗邊的。到底為什麼會是這樣，我無法形容現在的心情。像是放棄治療的固執老病人，也像是賴床不想去上學的小孩，我堅持著什麼我自己不知道的東西，但我非常在意，那使我沒有辦法好好的迎接時鐘裡面指針指著的時間。或許我在懊悔吧。我嘆了一口氣，終於還是點上了來這房裡的第一根菸，雖然她在睡覺，但我還是覺得很抱歉，就這樣在同個空間抽菸，除了盡量把煙往窗外吐好像也沒有其他的辦法了。

首先我開始在腦裡堆積回憶，想一想有什麼值得回味的事情，不，應該說是，有什麼可以讓我停留在那邊久一點的場所，把我從這裡抽離得越久越好，對，越久越好。回憶有好有壞，有快樂也有悲傷（這個其實我不太確定），當那些像跑馬燈刷過之後，我知道，悲傷的回憶總是佔有決定性的份量。當然也不是說我沒有什麼快樂的事情，只是，快樂就只有那樣而已，就只有那些許的空間和時間容得下快樂而已，像是吃一顆糖果一樣，嘴裡的香味總不會停留太久，但是，反言之，悲傷卻像是一顆極苦的藥丸，吃下去那味道就像是黏著在牙齒上，舌頭上，久久無法散去。快樂和悲傷雖然是同等量的，但是影響卻落差非常大。快樂像是以奔跑的速度離你而去，但悲傷卻讓你停下腳步哭泣，看戲劇雖然希望它是快樂的結局，但悲慘的結局總是讓你印象深刻。我不知道為什麼大家盡量想避免掉悲傷的回憶，比如說兩人聊天的時候，你下意識就會想說避免觸及他不好的回憶，而只聊些無傷大雅且無關緊要的話題。放眼未來是對的沒錯，但是堆積你的東西，就是回憶，而悲傷的回憶比較能讓你思考，讓你暫緩腳步去探索那些悲傷的因子。

歌曲來到了 Dir en grey 的〈The World of Mercy〉，我看了一下時間，早上

的9:12，正好這首歌十分鐘，等這首歌完就叫醒她吧。

9:25我叫醒cecilia，似乎睡得相當熟。早晨的陽光並沒有灑進來，看來並不是面東的窗戶。

「這麼快嗎？」她說。從她的眼裡並沒有感覺到睡到一半的痕跡，應該是屬於本來就是睡眠時間不算長的類型，或許她每次的睡眠都是深入的吧，我想。

「海盜先生呢？不用睡一下嗎？」她只是把棉被掀開就這樣持續的躺在枕頭上說。

『不用，沒事。接下來要做什麼？』我問說。確實並沒有感覺到睡意的東西。

「嗯……我想喝咖啡。剛泡好濃濃冒著白煙的黑咖啡。但不想去什麼咖啡廳，便利商店的咖啡就好了。」她說。然後起身走到我這裡的窗戶邊，沒什麼興趣的看了一眼窗外，然後好像放棄了，繼續坐回床上。

『不然我去買吧？我也想喝，妳加糖奶嗎？』我說。

「好啊，不過我不知道這附近的便利商店在哪裡喔。不要糖奶。黑咖啡就好。」她說。

於是我拿菸沒拿手機就這樣起身，鑰匙只有一副，跟 cecilia 拿了之後輕輕的關上門，下樓問了櫃台的中年女性這附近的便利商店跟自助洗衣店在哪，她似乎又很緊張，說了場所之後還弓著肩，我道謝之後走出大門，還是沒有看大廳長什麼樣子。並沒有多遠，我也沒有抬頭看天空，不知道為什麼沒有這個心情。

到了便利商店先跟店員點了兩杯咖啡，一杯冰的加糖奶，一杯熱的什麼都不加，然後想到應該買點什麼吃的，首先我考慮了麵包，但我看了陳列在那裡一排又一排的麵包作罷，只是買了四顆茶葉蛋，我付了錢拿著咖啡跟茶葉蛋就這樣開始走回去，依舊沒有抬頭看天空，只是想著冰咖啡的冰塊敲撞的聲音跟剛煮好熱騰騰冒著白煙的熱咖啡。

回到旅館之後看到我走進來櫃台的中年女性又很緊張，我伸手示意不用理會我，她似乎懂了，以防萬一我還是走過去跟她說『我跟另外一位女性經過的時候都不用理我們沒關係，我們只是住客沒什麼事。』然後她微笑了點了點頭。真的不用理我們，我反而覺得麻煩。搭上電梯經過詭異壁紙的走廊，打開門之後發現 cecilia 正看著窗外用我的 iPod 聽著音樂，似乎沒有注意到我。我慢慢的把提袋放在桌上，她這才感覺到我，拿下耳機後我問她在聽什麼，她只是揮揮手，可能只是隨便點歌來聽而已吧。對此我也沒說什麼。

『洗衣店的位置跟便利商店的位置我都知道了。』我一邊搖晃著冰咖啡說。

「再來就是賣場的位置，應該 GPS 會有吧。然後……就是我母親車禍的地點，我可能要繞一下才會想起來，這附近改變蠻多的，不知道那家花店還在嗎？」她說。雙手捧著熱咖啡的紙杯。

『一切都會順利的。沒事。』我說。

「茶葉蛋，雖說小小的一顆，但其實份量十足喔。你看，原本完好有蛋殼的一顆蛋，有裂縫的蛋殼，隨著這個裂縫被我慢慢剝開，然後就像看完的報紙一樣剝完就這樣放在旁邊，嘿，你應該跟我一樣，會在任何東西剛到手的時候就開始想像這東西最終使用完畢被遺棄的樣子了吧？寫完的筆，喝完的飲料，吃完的茶葉蛋。」她說。然後把剝好的茶葉蛋分四口吃掉。

『對啊。不過我不會想人喔。只有物品而已，這點來說應該還不算太慘。對了，妳請假了吧？』我說，茶葉蛋被我分兩口吃掉。

「我辭掉了。本來就不是多感興趣的工作，而且我也不知道該怎麼說明我要請長假啊，又不知道幾天，所以也想不到理由，那就乾脆不管了。比起那個，現在的事重要得多了。」她說。

對此我沒有說什麼。

『嘿，我想抽菸。妳稍微遠離一點，可以去坐在床上。』我說。想把剩下的半杯冰咖啡配著菸來喝。

「我想仔細的看海盜先生抽菸的樣子。」她微笑著說。然後把另一張椅子拉開坐在上面，手肘靠在桌上托著臉。

我嘆了一口氣。『好吧。』於是從床上起身坐在靠窗的那張椅子，從口袋裡拿出菸，先含一口冰咖啡在嘴裡，讓它慢慢滑進胃之後點上菸，盡量不要把煙往 cecilia 那邊吐。

「兩個海盜先生喔。」她說。「我們都沒有工作，住在同一棟樓，現在兩個人在這裡，你抽著菸，我看著，感覺有點不可思議，卻又有點熟悉。似乎很久以前就這樣了。會不會，我們很久以前就知道對方了，在我們沒有發覺的情況下。你跟我，很久以前就因為某種原因分不開了。」她瞇細著眼睛說。

『我不知道，至少現在是在一起的。』我說。

「嘿，你抽完我們去買一些換洗衣服吧。你還沒要睡吧？」她說。

『可以。』我說。

她起身開始在兩大袋行李不知道在翻什麼，大概是想空出一個袋子好裝買的東西吧。我猜。我把菸在菸灰缸擰熄，喝完剩下的冰咖啡，從背包裡拿出錢包，然後把菸跟 iPod 還有手機也一起帶著。她還在翻著什麼。

「早知道應該多帶一個袋子的，兩袋都裝得滿滿的要找東西好麻煩。」她說。

我把攤開的棉被折好，冷氣關掉，窗戶開著保持通風，套上一件薄外套。以防萬一還去鏡子前看了一下，並沒有什麼大礙。雖然鬍子有一點冒出來，不過不影響什麼。我花時間用肥皂洗了手，再一次的確認鏡子裡的自己，然後走出浴室。

「好了，這樣就可以裝了，不用買什麼袋子，沒想到我還帶了三本書，真搞不懂為什麼。」她說。看得到另一個袋子塞得更滿了。

我們走出房間，搭電梯下樓，櫃台中年女性並沒有理會我們，似乎懂我的意思。然後出大門之後往車子的方向走，坐上車之後她開始調整 GPS（當然這我不懂），我則把 iPod 用藍芽接上去開始選歌，引擎發動，車子開始移動，我選了宇多田光的〈光〉。是一首適合當開頭的歌曲，我想開了有二十分鐘吧，看得到車子進入地下停車場，一直到車子停好之前，我們一句話都沒有說。

「嗯……分開選吧，這樣比較快。選好了在結帳那邊附近等就好。」她說。

我拿了一個籃子，東西並沒有多到要用推車，只是衛生衣跟內褲而已，本來想買百事可樂的但想到房間裡並沒有冰箱於是作罷。想喝的時候再走去便利商店買就好，反正不遠。賣場有二樓，刮鬍刀在那裡，看了看洗面乳，這裡排列的包裝我都不喜歡，所以沒有買。一直是這樣的，像是沐浴乳跟洗髮精這類的我都沒有固定用的牌子，每次都是來了之後開始選包裝可以接受的，我對於這點一點都不講究，不知道可以理解成麻煩還是爽快，有時候很花時間，有時候一看到對了就直接放入購物籃裡，連價錢都不看。就覺得如果要擺放在浴室好幾個月的話，如果太醜真的不能接受，但如果一直都是一樣的話又好像少了點什麼新鮮感。有些東西就是這樣，但像咖啡或可樂這類味覺型的就必須要同個牌子，我自己也搞不懂。

最後我拿了四件長袖L的衛生衣跟幾乎全黑的四角內褲還有刮鬍刀，還有兩袋五十入的咖啡（但我不確定有沒有燒開水的，應該有吧？），只有這樣而已，雖說 cecilia 說要等，但我還是直接結了帳，雖然感到很抱歉但還是買了一個袋子，就在附近的椅子上坐下等她。本來想聽歌但想到 iPod 在車子裡，就聽著賣場小聲播放不知道是什麼節奏邊等，聽不到有人唱歌，只是節奏而已。說不上輕快，但也不慢，大概是配合著購物心情所制定的旋律吧。

大概過了十分鐘，只是在大腦擺放著沒意義的事情之間，cecilia 推著推車往結帳這裡走過來，我為了讓她知道我已經結完了起來往她那裡走好讓她看得到我。推車裡滿滿的像是零食跟泡麵的東西，她看到我之後用手指往我這裡點了兩下，好像在說「你喔，真是。」然後在結帳區把買的東西一個一個裝進大袋子裡，結完之後往我這邊走。

「你怎麼先結？你看還買了袋子，很浪費耶，你看我的袋子還裝得下。」她說。好像罵小孩那樣。

『等太久了嘛。』我說。

然後我們往車子那走去，上車之後沒有立刻發動引擎，我看著她。

「你覺得我應該先繞過去看一下嗎？說不定道路改建還是什麼拓寬的已經完全變了也不一定，或者……其他的什麼事情。」她問說。

『不，明天再去吧，今天已經夠了。妳開了長途過來，只睡了兩個多小時，怎麼說都不是能處理事情的狀態，應該說，處理情緒。道路不會說變就變的，但人的心情會變。妳應該好好休息把自己調整到妳覺得可以的樣子，再去會比較好。』我說。

「會不會……」『不會。』我打斷她。『相信我。』我說。不知道哪裡來的自信。

「好吧。回去之後再說。」她終於比較安穩的說。

我選了 Aimer 的〈地球儀〉，發動引擎開上道路，現在是下午的 1:20。

「我喜歡這首曲子，開車很適合喔。」她說。

回去之後，才發現原來有熱水壺。

「我有看到啊，所以才會買泡麵。」邊撕下泡麵的調味包她說。

『早知道我也買了。』我說。拿了一杯她買的泡麵。

把泡麵當做簡單的午餐之後，我抽著菸，把 iPod 的曲子轉到 Aimer 的

〈wonderland〉，似乎要跟〈地球儀〉做對比那樣，雖然是同張專輯，卻能呈現出兩個完全相反的曲子，一邊佩服著，一邊把菸抽到尾巴。想想我已經有三十多小時沒有睡了吧，但又想等到入夜再睡，不管怎麼樣，先躺著休息一下吧。

拿起另一條棉被就這樣躺在靠門那一側，結果睡眠來得比想像中快又久。

醒來之後，第一眼看到的就是那陌生的門，那不熟悉的門。然後我開始想到底是什麼時候睡著的，並沒有吃藥，好像是……吃完當中餐的泡麵之後，然後就不記得了。我拿起放在不記得位置的手機，看了看時間，早上的7:58。睡了多久也不知道，看樣子睡得很熟。我望向床的另一側，cecilia正面對窗戶側躺著睡，這似乎是她睡覺的習慣，往右側躺。我調整一下呼吸，慢慢的下了床，想喝水，發現熱水壺裡面有水，而且不是熱的。看樣子是cecilia為了隨時能喝水先煮好放著讓它涼的。我拿起放在旁邊的紙杯，喝了大概有四杯，然後走到窗戶邊抽菸。

想到第一件事，就是不得不領錢準備一下。我抽完一根後就揹起背包往便利商店走去，買了一疊信封，領了一萬塊，新鈔，就這樣放進信封裡面，想了想，還是放進背包，雖說本來想放在身上的，但那厚度跟長度我身上並沒有辦法塞。這時候我又仔細的看了排列在架上一整排的麵包，思考了一下選了牛角麵包跟菠蘿麵包，並沒有什麼自信，牛角麵包是我愛吃的，而菠蘿麵包只是想到麵包的第一個瞬間就是浮出菠蘿麵包的名字所以選了它，再點了兩杯咖啡，一樣一杯冰的加糖奶，一杯熱的什麼都不加，然後走回304號房，cecilia似乎還沒有起床的跡象。

我坐在窗邊，就著冰咖啡吃牛角麵包，當然，很少，不過也並沒有餓到要大吃特吃的意思。吃完之後還留著三分之二杯的冰咖啡，就去浴室盥洗，第二天份的牙刷跟牙膏，不知道旅館的房務來換的時候是什麼時候，需要提前跟他們說什麼時候方便嗎？還是櫃台會等我們外出的時候才叫房務悄悄進來打掃整理？不知道，對於這方面我不太有常識，並沒有什麼外宿的機會，就算有，通常也只是待一天就離開了。

我再煮了熱開水，確認冷氣的溫度，就繼續回到窗邊喝我的咖啡，拿起iPod選了MUCC的〈Libra〉，沉重且有趣的bass聲滑過之後，點上菸，靠著椅背拿著紙杯咖啡，抽兩口喝一口，然後想起我有買即溶咖啡，不想出門的時候可以替代一下。

沒有看時間，不知道過了多久，cecilia起床了。

「嗯？你先醒啦。昨天真是累死了，啊我的腰！」她說。然後伸著懶腰，下床。

「喔～真貼心，有買我的咖啡跟麵包，今天不吃茶葉蛋啊？」她說。在我對面坐下。

『適度的調整是迎接的開始。』我說。然後把耳機拿下來，菸擰熄。

她沒說什麼，只是吃著扁扁的麵包跟冷掉的黑咖啡。

「嘿，今天該行動了喔。吃完就走吧。不想一直拖著。」她說。

『當然，我也是這麼想的。』我說。

她把黑咖啡喝完之後就去浴室盥洗，我則悄悄的把背包的一包一萬元拿出來放在剛套上的外套內側口袋，把一些多餘的東西拿出來放在桌上，想盡量輕便一點出門，確認錢跟菸還有 iPod 手機都在之後，暫時坐下等待 cecilia 好，然而她並沒有帶上什麼，拿著錢包跟手機還有鑰匙就沒了，真佩服她，真的。好像我去登山一樣的感覺。

「我們先去那個路口看一下花店。」她邊發動引擎說，然後調整 GPS，我一樣把 iPod 接上藍芽，想了一下，選了圭的〈the primary.〉。

『過了二十年不知道怎麼樣了。』我說。

「拜託不要說這種話，我已經很擔心了。」她似乎有點生氣的說。

到了某個路口，感覺得到她正在找車位停。我瞄了一下附近唯一的路口，並沒有門口滿是花束的花店，但有招牌。也許是已經不賣新鮮的花而改經營案件型的花店了吧，說真的，近期的記憶裡面似乎已經沒有賣新鮮的花，門口擺滿花束的花店了，從多久的時候開始？已經想不起來了。

車子停好之後，cecilia 帶頭我們慢慢的走向那棟還有招牌的平房建築，由於我走在後面看不到她的臉，不過想必相當沉重吧。

走近之後看得到有一個大概六十多歲的婦女正無趣的坐在那裡，用老花眼鏡低頭看著報紙，對於我們接近她似乎沒有察覺到。

「哈囉妳好，方便請教一些事情嗎？」cecilia 率先開口說。

婦女拿下老花眼鏡，朝 cecilia 瞇細眼睛的看。「啊？什麼事？」她說。

「就是……不知道您還有沒有印象，在這個路口發生過的車禍，大約二十年前，如果不記得也沒關係，畢竟太久了，方便回想一下嗎？」

cecilia說。指著這個大概只容許兩台車交錯而過的路口，除了這家店之外其他家似乎都翻新過的樣子，這家花店明顯的堅持著什麼。

婦人再度戴上老花眼鏡。「我記得，這裡只發生過一次車禍。還是我報的警喔，聽到一聲慘叫，然後就碰的好大一聲，嚇死我了，記得是在下午吧？妳是誰？」婦人說。

「我是那位車禍而亡的女性的女兒，怎麼說，想釐清一些事情，所以前來打擾，不知道您還記得些什麼嗎？什麼都可以，如果方便的話。」cecilia說。

「就算這樣說我也……過太久了啦！那時候警察問了很多，我也都說了，我唯一記得的是那天沒什麼客人……然後……嘿你們買花嗎？這邊剛好有剩一點白菊花，你們應該是要去掃墓吧？失去母親喔……我母親也剛走……多少能體會，不過我真的幫不上什麼忙，掃墓要帶花去吧？」婦人說。

『嗯，我們要去掃墓，剛好想到這邊有花店，現在花店有賣花的不好找喔，麻煩給我們一束。』我打破僵局的說。

「好，你們等我一下喔。」婦人說。然後往裡面走。

暫時之間 cecilia 跟我都沒有說什麼。

「你們的花好了。對了我想起一件事情，就是大概車禍之後的五六年吧好像，到那一天的時候都會來我這裡買一束白菊花，一個男人，也許是你們的父親？怎麼沒有帶你們一起來呢？他就買一束然後立在電線杆那邊，失去妻子一樣痛苦，程度應該不會比你們低喔，目前還好吧？」婦人說。

「……謝謝，我們要去掃墓了，感謝妳的花。」cecilia 說，無視這個問題付了錢之後就轉頭走了，我不得不也跟著一起走。

上車之後一段沉默，既沒有發動引擎，我也沒有放音樂。

「你覺得是我爸去買的花嗎？」她問說。

『這我就不知道了。』我說。

「如果是為什麼不順便回來看我們啊？這也太奇怪了吧。我連媽媽車禍的日子都不記得耶，幹嘛這樣，搞得好像只有自己一個人在難過一樣。」她小小生氣的說。

『也許就跟婦人說的一樣，失去妻子的痛，程度應該也不低。』我說。

她什麼也沒說，只是把花立在我們之間，然後發動引擎。

「好了，該去警察局了。」她說。

我不知道該說什麼，覺得好像也不適合放音樂。車子緩緩移動，往我沒看過的地方前進。

看到警察局，大約是十分鐘後。以我的印象來說，這個警察局小又老舊，可以說是派出所吧，只有巡警來回的那種，不過應該是這裡沒錯，走下車之後看得到裡面有幾格辦公室那樣的隔間，當然是看不太清楚，不過確實有幾個人正熱心的不知道在處理什麼事情，最裡面有一個比較氣派的獨立桌，並沒有隔間，大概是階級比較高的人坐的，沒有人，然後正面對大門有一個大桌子上擺滿的各種看不懂的東西，坐著一個年輕的警察。

這裡很好停車，大概是開放給一般民眾停在警察局的位置吧。迅速停好之後，我們走下來，我再一次的確認外套內側口袋的現金，一邊走進去。

「怎麼了嗎？」年輕警察說。大概只有二十五歲吧。

「關於車禍的筆錄跟調查，大概可以保存幾年？我想問一件二十幾年前發生的車禍，就在附近，我是家屬。」cecilia 說。

「車禍嗎？二十幾年前的喔……那時候沒什麼電腦，應該都是用手寫或者是磁片記錄的，而且就算妳是家屬，警方這邊也沒辦法給妳看調查，畢竟……」『警察先生，你來一下。』我打斷他，並示意要他來大門外。

『拜託幫忙一下，我們都很想知道事情的經過。』我說。然後把準備好的現金袋塞到他懷裡。

「真是拿你們沒辦法。」警察說。然後打開了信封口看了一下就放到懷裡的口袋。

我們回來之後，cecilia 一臉不知道發生什麼事的樣子。

「好，方便給我看妳的身分證嗎？」警察態度急轉的對 cecilia 說。

「喔，好。」警察看了一下，翻到背面看，應該是看家屬欄吧。然後他用旁邊的紙筆記錄了什麼說「大概是幾年前還記得嗎？最好的話連日期都有。」警察說。

「二十四年前，日期不記得了。」cecilia 說。

「二十四年前……應該是紙本資料，你們等一下喔。我去找看看。」警察說完，就迅速的往內部消失，其他在隔間的警員動都不動。

「你們是怎樣？為什麼……」『沒事，等他一下吧。』我打斷她說，真的沒事。

7

等待的期間，我只是把玩著放在桌上的筆。cecilia 則安靜的看著自己放在桌上的手，像是要仔細檢查每個關節那樣的觀察著。在這段期間並沒有誰來，裡面的員警也沒有動過。沒有車子經過這裡，也聽不到鳥的啼叫聲。

「都過了快十五分鐘，會不會根本已經銷毀了啊，過了時效就那樣丟棄了。啊，我的童年過了時效。怎麼辦，過去的延續就這樣沒辦法接續到現在，我也沒辦法跟過去好好的道別，如果就這樣到了世界末日，一切就沒了。我想知道事情的真相，哪怕我不能接受，我想親耳聽到事情的經過，這樣下去我連媽媽車禍的日子都不知道，肇事者也見不到了。我有好多事情想問，真的很多。」cecilia 說。

我原本想說接受這樣現在的自己也沒什麼不好，不過終究並沒有說出口，畢竟我知道她是抱著多大的決心想從過去走出來，如果可以的話，我也想知道自己的爸媽怎麼了，現在在哪裡，過得還好嗎，可是我沒有勇氣，也不像她有這樣的決心。回憶本來就是可以被放置的東西，過去的時間不會變，現在正在變啊。再說真的想不起來的話，他們也永遠都不會改變，還是印象中模糊不清的影子。也許，有人拿走了我的記憶。雖說不知道為什麼，可能這段記憶是有害的，被認定為邪惡的，所以把它拿走了也不一定。這樣想比較能接受，只是沒什麼自信就是了。

大約過了三十分鐘，警察拿著大概四五張 A4 的紙走出來。泛黃似乎有蟲蛀的紙，並不是用磁片記錄的還好，現在的電腦可能沒有讀取的裝置。

「還好找到了，本來以為應該不會有的，在資料室最裡面的櫃子的最下層喔，用一個資料夾那樣夾起來。年代久遠，並沒有多少的調查紀錄。應該是被認定為單純的意外，這樣的話只是做個筆錄一樣的東西就結束了喔，即使有誰死了。」警察說。一邊翻閱著資料。

「可以給我看看嗎？」cecilia 說。

「不行，這是我最低的底限。妳有問題問我就好，我會看有沒有相關的資訊可以提供給妳。凡事都有像是 borderline 一樣的東西喔。」警察堅定的說。

並保持不讓我們看到紙上的文字那樣拿著資料。

「嗯……車禍的時間是幾月幾號？」cecilia 問。

「我看一下。二十四年前的三月二十號，沒錯。下午的 3:46 報案的。」警察說。

「對方是什麼樣的車？」cecilia 問。

「只是一般的貨車，不是大卡車也不是聯結車。畢竟路那樣小太大的車也沒辦法行駛。」警察說。

「當場即死嗎？還是有送到醫院去急救？」cecilia 問。

「嗯……對，當場即死。似乎相當慘烈，先是撞擊到機車把人彈飛之後又沒減速那樣把沒任何保護的人輾過去了，撞飛了有五公尺左右，輾到上半身包含頭部，那時候好像沒有強制要戴安全帽的樣子，妳母親也沒有戴安全帽。」警察說。

對於這個 cecilia 稍微沉默一下。

「那輛貨車有違規嗎？比如說闖紅燈還是什麼的。」cecilia 問。

「不知道啊，那時候並沒有行車記錄器，路口也沒有監視器。不過，似乎並沒有誰違規。只是肇事者是搶黃燈，而妳母親是還沒有等到綠燈就走了。不過僅供參考就是了。我看看，當時報案者是路口的花店店主，聽到慘叫聲跟撞擊聲報了案，好像剛好那時候正在沒事的看著路口，目擊到所有的過程，前面跟妳說的是她的供述喔。」警察說。

「還有其他目擊者嗎？」cecilia 問。

「嗯……沒有。當時是平日的下午，沒什麼人吧。在這邊並沒有看到別人的供述。」警察說。

「有問我父親任何事嗎？你看一下有沒有對於死者家屬的資料。」cecilia問。

「好的，有。根據死者的丈夫是說當天死者是要去接最小的小孩，應該就是妳吧。那時候是幼稚園中班的妳，還要順便去買手工藝的相關物品，然後……當天死者並沒有任何異狀，只是極單純的日常生活裡的一天，只有這些而已。」警察說。

「照警察先生說的他沒有減速的跡象，有沒有可能是酒駕？」cecilia 問。

「這個嘛……當時並沒有酒測啊，只是依照裡面寫的，排除酒駕的可能性。」警察說。

cecilia 似乎又再度的考慮一下。我只是安靜的聽著，並試著依照他們的對話模擬當時有可能在那裡發生的事。看得到 cecilia 的嘴巴正默默念著什麼，並沒有出聲，好像只是對自己說的。

「死者當時幾歲？有外觀的描述嗎？」cecilia 問。

「這個……當時三十六歲。沒有什麼外觀描述啦，這個怎麼會有，跟車禍又沒有關係。妳是她女兒，妳不記得嗎？」警察說。

「不記得了……我當時只是幼稚園而已啊。」cecilia 說。

這時換警察暫時的沉默。也許他正在想自己幼稚園的事情，不過年代不一樣了，那時候沒什麼照片，不像現在手機這麼發達。

「警察先生說貨車，是載什麼的？有沒有辦法可以跟你要公司的電話跟地址？」cecilia 說。似乎要切入主題了。

「這個嘛……只能跟妳說是蛋行的貨車。當時車禍發生之後灑了一地的蛋喔，這裡並沒有寫是哪一家公司或者廠商的電話跟地址，是真的沒有寫，不是我要刻意隱瞞喔。」警察說。

「好，那我問最後一個問題。可以給我肇事者家裡的地址跟電話嗎？」

cecilia 說。下定決心了，我想。我必須幫她一點什麼。

「呃，這個……」『嘿。』我對警察說。並且使了眼色，他應該懂我的意思。

「真拿你們沒有辦法。」警察嘆了一口氣說。「我抄給你們，這應該是不被允許的事才對啦，說真的。誰知道你們是不是要去報仇還是要幹嘛的，我們就是會擔心這個啊。」我乾咳了一聲。「唉啊……真拿你們沒辦法，如果被上面知道我就完了。」警察看了看後面的員警，似乎都沒有在注意這裡的事。「拿去，千萬不要說是從我這裡問出來的喔。」警察說。並遞給我們一張摺起來的小紙條。

cecilia 拿到之後打開看了一下，又在嘴裡默默的念著什麼，好像要把上面的文字全部吃下去那樣，盯大眼睛的看，我依舊安靜的坐在隔壁，看不到上面寫什麼。

「謝謝你，警察先生。趕快把資料收起來吧，趁現在還沒有人看到的時候。」cecilia 說。並起身準備離開。我也跟著起身，並對警察點了點頭，警察只是嘆了一口氣而已並沒有點頭。

我們回到車上，cecilia 坐到駕駛座之後就那樣一動也不動的，雖然引擎有發動，不過並沒有駛向哪。我想了一下，等她開口再說吧，然後我選了 Dir en grey 的〈Conceived Sorrow〉，並讓 ipod 播放整張《The Marrow of a Bone》，然後壓低了三個階的音量。

「也許我媽喜歡白菊花。」cecilia 說。她的手握著方向盤，感覺到微微的抖動。我下意識的往她那邊看，cecilia 的眼眶正打轉著淚水，似乎不想讓它輕易掉下來那樣。「這是誰的歌啊？」她問說。

『一個我非常喜歡的日本樂團，主唱個子矮小然後總是奇裝異服，但聲音非常出色喔。』我說。我並沒有多看她，我覺得讓她自己處理情緒就好。『從我高中就喜歡了，那時候還是非常傳統的視覺系樂團，並出過一張至今無法替代的專輯，之後的曲風跟視覺就改變了，相當多的樂迷還是喜歡那張專輯喔。妳聽的這張是2007年的專輯，算是我最喜歡的，嗯，怎麼說，相當負面的一張專輯，嘿，要不要聽愉快點的？』我問說。

「不用換，雖然我聽不懂日文，不過我也覺得是非常出色的音樂。」cecilia說。曲子轉到了〈艷かしき安息，躊躇いに微笑み〉（光鮮亮麗的安息，猶豫的微笑）。

我暫時只是聽著歌。cecilia並沒有掉眼淚也沒有哭出聲，我感覺得到，她正努力讓自己接受，連接著什麼那樣。

「到底為什麼會不記得葬禮喔。」cecilia說。

『還小嘛。』我說。

她拿起放在中間的白菊花。聽得到什麼聲音，我轉過頭去看她，她正一片一片的把花瓣剝下來，花時間慢慢的那樣，剝下來的讓它散落在儀表板上，我再回過頭來不想干擾她，曲子轉到了〈凌辱の雨〉（凌辱之雨）。

「大概兩年前，我跟哥哥有回來這裡喔。去媽媽的墓地，畢竟已經埋了二十幾年，再說每次掃墓都要跑去山上，未免太麻煩了，就請人把媽媽的棺材打開，骨頭撿起來放到骨灰罈裡面，只有我跟哥哥兩個人而已，我們默默的看著師父挖開土堆，拿起棺材，撬開，然後白色灰濛濛的骨頭就出現了。我那時候以為事情應該這樣結束了吧，沒想到現在又變成這樣。」cecilia 說。

『骨灰放在哪裡？』我問說。

「跟爸爸放在一起啊。市立的靈骨塔，雖然也在山上不過路途很近，就在這附近喔，想看隨時可以去看，放在二樓，上樓梯之後兩格的位置寫著爸爸跟媽媽的名字，我每次什麼都不會帶，哥哥每次硬是都要帶一些水果還有應該是爸爸抽的菸跟愛喝的酒吧，放在骨灰罈旁邊再關起來，每年換一次那樣，之後我應該會去那家花店買一束白菊花，每次都從那家買，唉啊，希望不要那麼快就倒閉喔，不過，好像也沒有以後就是了。傷腦筋。」cecilia 說。

『現在想去嗎？』我問說。

「不，等爸爸的事情結束再一起去，買上他最喜歡的菸跟酒，還有白菊花。」cecilia 說。

我轉過頭，看得到儀表板上都是小小一片一片的花瓣，曲子轉到了〈THE PLEDGE〉，初回限定盤才有的不插電版，cecilia 把剝完的花再放回中間，現在已經不能稱為花了，只是一根沒有花瓣的綠色的根。她吸了一下鼻子，大概眼淚快掉下來了吧。我還是決定不干擾她，不安慰，不多說什麼，只是回應著她的問題，自己說些無關緊要的事情。

「好了，回去吧。」cecilia 說。也許已經在心裡哭完了。真是堅強的孩子。

在回到旅館的途中，我們聽著 Dir en grey 的歌。cecilia 有時候說這首好吵換下一首啦，我就照著做，還好 Dir en grey 還是有很多慢歌的，還好，我想。除此之外並沒有多說什麼，對於她來說那時候真的還太小了，像我就完全不記得幼稚園的事情了，連有沒有念都不知道。她只是記得那一天一直沒有人來接她而已。那對於她父親呢？應該就比較有印象了吧。

『現在去見那個人嗎？』我問說。那個人是肇事者。

「不，明天吧。還有些事情想問我哥哥。關於父親的事。像這種事情必須在我心中先盤算好我才有辦法做下一步的行動。不喜歡中間插來插去的。父親我也是亂七八糟的，對於國中也幾乎都忘光了，也必須先知道爸爸自殺的那棟大樓啊，還有那個女人也一樣。」她安靜的說。

我只是點點頭。到了旅館停好車之後，cecilia 說要我先進去抽菸。「很久沒抽了吧，你先進去解放一下。」我進到 304 號房，關上門，把背包放下，拿起 iPod 點了根菸，想了一下選了 the GazettE 的〈虛無の終わり 箱詰めの黙示〉

（虛無的終結 盒裝的默示），確實很久沒抽菸了，一連抽了兩根，在打算點上第三根的時候，cecilia 回來了。

「我哥這個騙子。」她氣沖沖的說。

『嗯？不是問妳父親的事嗎？』我滿臉疑問的問說。

「爸爸有東西留給我們，而我完全不知情。我就在想，那麼久沒見面怎麼可能會知道他喜歡抽的菸跟喜歡喝的酒，真是笨蛋！」她還是很生氣的說。

然而我選擇沉默。我覺得她自己有她的打算，我並不打算干擾，我只是安靜的陪著而已。並不像搞笑藝人那樣，有人專門吐槽，應該也有安靜的讓搞笑橋段經過的兩人團體吧。我不知道。我自己的事可以說已經忘了一乾二淨了，完全沒辦法以她當時發生事情的那個年紀來預設她的立場，如果沒辦法預設立場的話，就沒辦法給任何意見，再說我也不屬於安慰型的人，我是負責遞衛生紙的那個人。我摸摸自己的口袋，然而沒有手帕也沒有衛生紙，好像應該準備一些才對啊，我想。

『總之知道是哪棟大樓了吧？離這裡很遠嗎？』我說。

「大概開車一個多小時到，我哥說不知道是哪家警察局負責偵辦的，反正都去過一遍應該就會找到了，不是什麼大城市。」她說。

『妳安排好就好。』我說。

cecilia把鑰匙跟錢包丟到桌上之後就這樣躺到床上了。我起身開了冷氣，把溫度調到好入眠的程度。試著回想今天發生的事情，她的母親在二十四年前的三月二十號幼稚園下課的時候，去接她的途中，在那個花店的路口與一輛貨車相撞而亡。我在腦裡排列著這樣的順序，然而一直有東西出來干擾，試圖擾亂我的排列，呼之欲出的什麼，我閉上眼睛皺起臉，但每次快觸碰到那個什麼的時候它隨即就消失了，我抓不到那個思緒，也許它刻意躲開我，像是游擊兵一樣選擇一邊干擾一邊攻擊。或者，我沒有能力抓到那個什麼。我睜開眼睛，聽得到自己的呼吸聲，就算一邊聽著音樂也聽得到的那種音量，我慢慢的調整呼吸到正常。看了一下時間，下午的5:51，接近晚餐時間了，要不要幫cecilia買點什麼，連續兩天吃泡麵好像不妥，但也不能買加熱的微波食品，畢竟我不知道她什麼時候會醒，冷了就不好了。

想著想著之間，連自己都睏了。我再確認一下時間，下午的6:04，算了吧，晚餐什麼的。大概是冷氣太舒服。我把窗戶關好之後，冷氣確認會一直開著，就這樣鑽到被窩裡面去了，朝向門口的方向。

應該是隔天了吧。

總之我在白天的時候醒來，忘記手機放在哪裡，起身之後走到窗戶旁的椅子，才看到在那，我看了一下時間，早上的6:43。cecilia還在睡。要開一個多小時的車，要提早叫她才可以。我拿起鑰匙往便利商店的方向走，一樣兩杯咖啡，想了一下決定買兩包洋芋片，對了，還有面紙。

結帳的時候突然想到，我忘記領錢，還有，想到一些事情，問了一下店員有沒有宅配的紙箱不要的，跟他們拿了填寫寄件人的單子隨便寫了個名字跟住址上去，都弄好了之後拿著扁扁的紙箱跟早餐咖啡回到304號房。cecilia還沒有醒。

怕吵到她，我慢慢的放下紙箱，走到窗戶旁，不用扯的用撕的打開洋芋片，配著冰咖啡吃。大概吃到一半的時候，cecilia醒了。

「現在幾點了？」她用我還睡不飽的語氣問說。

『7:16，我有買妳的早餐，吃一點吧，還有咖啡。』我說。

「好詭異的組合，洋芋片配咖啡，海盜先生該不會吃西瓜會配醬油吧？」

她心情似乎恢復正常的說。

『會嗎？這些都是便利商店容易買到的，我常這樣吃啊。也許只是跟黑咖啡不合而已，冰咖啡加糖奶倒是覺得蠻配的，妳下次可以試試。』我說。恢復了就好。

「那個紙箱要做什麼？」她好像看到我放在角落的空紙箱。

『到時候妳就知道，如果想順利的話帶著一起去吧。』我說。

我先吃完，所以點了根菸抽。現在已經不會覺得在她面前抽菸感到抱歉了，人真是不可思議的生物。

「好了，走吧。」說完她拿起鑰匙跟錢包，一樣俐落。我則揹上背包拿著紙箱就這樣出門了。

上了車之後她調整 GPS，我一樣接上 iPod。「我看看喔，這個地址……不遠，大概開半小時吧。你好了沒啦。」她說。『好了啦，走吧。』我說。

我選了 L'Arc~en~Ciel 的《REAL》這張專輯，這對我而言是他們的最佳專輯了。

「嗯，好懷念的聲音。這張我還有聽過，之後的就沒有了。」她說。

『歲月不饒人。』我說。

我確認了一下外套內側口袋現金的厚度之後，暫時放鬆著心情聽這張專輯。想起村上春樹的某個短篇小說寫男女駕駛的故事，一個男演員請了一個女司機，具體的已經想不起來，只記得他好像說女駕駛有分為很有自信的開車與小心謹慎的開車兩種。然而對於cecilia，我什麼想法也沒有。

當音樂轉到〈bravery〉的時候，看得到車子隨著導航從大馬路直接轉進一個只能讓一台車經過的小巷子，彎了幾次之後，一直駛到巷子的最尾端。

「是這裡嗎？」她說。拿著小紙條看著。「是死巷耶。」

「喔！這間，看起來好像沒人，也沒有門鈴。」她說。

『沒事，交給我。』我說。拿出空的上面貼有寄件人的紙箱，把兩邊突出的紙板摺疊交叉讓它看起來好像裡面有什麼東西。『這間沒錯吧？』

「喔，這個用途喔。」她好像終於知道了一樣。

確實看起來沒有人，我也不敢保證。總之我往大門走過去，是兩側拉開附有防盜鐵網的那種門，我試著喊了一下『有人在嗎？有你的包裹喔，〇〇〇先生的包裹！』我大聲的喊。

然而並沒有回應，我試著打開門，但沒用，鎖著的。

『有人在嗎？包裹喔！』我再喊了一聲。

然後聽得見遠方慢慢傳來吸塵器跟下樓梯的聲音，似乎是用吸塵器正在打掃的樣子，難怪聽不清楚。

「來了，等我一下。」婦人走到大門旁才把吸塵器關掉，周遭瞬間變得寧靜，聽得見狗吠的聲音。

「你說誰的包裹？」婦人說。依照白髮的程度至少有八十歲了吧，身體倒還挺硬朗的，還可以自由行動。

『不好意思啊，打擾了，〇〇〇先生的包裹。』我說。

「誰寄來的啊？我可以看一下嗎？」婦人小心的說。

『喔，好的。』我一邊用手巧妙的遮掩並沒有用膠帶貼起來的封口，一邊把貼著寄件人的貼紙給婦人看。

「沒聽過這個人啊？他現在不住這裡喔，在外面一個人住，也不知道做什麼工作，錢都沒寄回來過。不然我先收？」婦人說。

『好的，一共是四千兩百塊喔。』我老早就準備好了這套說詞。

看得到婦人嘟噥不知道在念什麼。「這傢伙又買了什麼，寄回家想讓我幫他付錢嗎？我可不吃這一套。」婦人隨後說。

『不然您跟我說他現在住哪裡吧？雖然繞一點路不過錢總是要收的，不然不好交代啊。』我說。

關於這個婦人想了一下，我突然想到我外套內側的現金，不過現在拿出來的話就代表我是有意圖的了，可能戒心會更重。

「到底是什麼東西啊？我可以先看看嗎？」婦人說。

『喔~不行喔。如果拆開了就代表您已經收了，我也不知道這是什麼東西啊。』我說。對於說謊我越來越有自信了。

「真要命。」婦人說。「你等一下啊，他住哪裡我也不記得，我看一下。」

然後婦人往裡面走。

我朝著 cecilia 的方向比了個 OK 的手勢，她也回了個 OK 的手勢。

「這裡，你去這裡找那傢伙要錢吧。」婦人說。並遞給我一張紙條，這世界真的充滿著各式各樣祕密的紙條。

『好的，不好意思打擾了，祝您順心~』我說。鞠躬之後我鬆了一口氣，聽得到婦人馬上把門關上鎖起來又開了吸塵器，聲音消失之後我才敢動。

我朝 cecilia 走過去，並揮手表示沒有問題。

『他不住這裡了，不過這人確實存在。』我走近之後說。並拿紙條給她看。

「海盜先生似乎擁有很多意想不到的技能。」她打開紙條看了一下。「要導航才知道在哪裡。」走吧。

『好。』我說。

回到車上發動引擎之後，我也很好奇他住哪裡，所以看著 cecilia 輸入地址，GPS 地圖的點移動了一段之後停下來，如果我的圖形概念沒有錯的話，應該也是在死巷裡。

「這家人不喜歡陽光的嗎？」她說。

『沒事去了就知道了。』我說。

「不遠，大概二十五分鐘吧。」說完她就把手煞車拉開，引擎發出舒服的聲音確實的往前進。

關於等一下可能會發生什麼事，我想了一下，然而什麼都想不到。

隨著 GPS 的點離目的地越來越近，內心的不安逐漸擴大。倒不至於是怕

cecilia做出什麼事，而是怕我們即將見到的這個人，也就是肇事者，會若無其事的活著。很奇怪喔，警察都說了，沒有誰對誰錯，一個是搶黃燈，一個是提早走，並沒有誰犯錯，真要說的話只是剛好cecilia的母親比較可憐是騎著機車，所以發生了最不幸的事情，也就是傷重不治，當場死亡，而這個人只是在上班的途中剛好開著貨車而已，人包鐵與鐵包人的差別，這就這樣而已。我到底希望他過著多悲壯的生活呢？沒什麼事吧？即使撞死了一個人，過了這麼久，時間應該沖淡一切了吧？

可是這樣說，對cecilia有點不公平，當然，已經說過了，並沒有誰對誰錯（真的）。因為她並沒有走出來，一直懷著加害者的身分活著，這就不可能若無其事了，當然，我並沒有資格說些什麼，可能，只是有點同情吧。

我試著想像自己的母親被車撞死的情境，然而出現的只是一個陌生的婦人獨自面對著即將而來的大卡車那樣而已，我的感情無法代入。那陌生的臉，我沒有印象。越是深挖記憶這塊地，越是混沌，到底為什麼會失去記憶啊？

曲子轉到了〈ALL YEAR AROUND FALLING IN LOVE〉，充滿希望的編曲在我聽來只是帶有諷刺，我乾脆把音樂關掉，把 iPod 的藍芽關掉，這時候並不想聽到什麼歌曲，什麼都不行。

「是這裡吧？這裡轉進去然後到底。」cecilia 說。似乎對有沒有音樂沒有差別。

我什麼都沒有回。只是一個人想著記憶的事。

「到了喔。雖說是死巷但挺氣派的嘛。」大概是死巷裡的世外桃源與低級貧民窟的區別，跟他媽媽。難怪不想一起住。」車子駛進沒有柵欄的小庭院，有停一台車但還停得下另外一台，大概就是專門為隨時有可能會來的客人所準備的吧。想到這裡心裡揪了一下，我的不安果然成真了。

「我想應該直接跟他說明就好，畢竟已經找到他了，應該啦，不需要再喬裝什麼詭異的宅配員了。海盜先生，你還好吧？」cecilia 說。

『嗯？沒事啊。我看起來很糟嗎？』我說。我以為外表沒什麼變。

「嗯……大概沒事吧。」cecilia 說。

『車子停好我們就走吧。看樣子應該是在家的樣子。』我說。

「但願一切順利。」cecilia 說。並打開車門準備下車，我也打開我這一側的車門，踩到地上的小石子發出清脆碰撞的聲響，不僅這樣，還有綠化的痕跡。多肉植物一盆一盆的擺放在大門出來的兩側，數量之多一時之間沒辦法計算出來，以綠色為中心的漸層顏色多樣的充滿著這個可以停兩台車的庭園，覺得有點耀眼，與其說是耀眼，倒不如說是眼花撩亂。綠化也該有個限度吧，並不是說植物越多就代表綠化的程度越深啊。不過可以確定的是，他在生活上過著富裕的生活。

「喔貼心的有對講機，按這個對吧？我好像沒什麼碰過這種，該不會還有攝影機吧？」cecilia 說。直接就走到大門旁了，似乎對植物沒什麼想法，算了，也不是特別重要。

我並沒有走過去，只是在下車的地方原地站著，點了一根菸，看得到 cecilia 好像正在解釋什麼，但我聽不清楚，我現在唯一想做的，只是安靜的把這根菸抽到尾巴，安靜的。

菸快抽完的時候，cecilia 揮手示意我過去，應該是說通了，嗯，一切都很順利。

「他在辦公，不過似乎是個好人，願意跟我們談一談，他說他也有話想跟我們說，等一下就下來了，海盜先生，把菸擰熄啦。」cecilia 說。我這才發現手上還留著菸屁股沒有抽完，我再抽了一口之後，走到庭園最邊邊把菸丟到外面。

聽得到拖鞋踏的聲音，下樓的樣子，聲音接近了之後，門打開了。

「請進。」他說。鬍子刮得乾乾淨淨頭髮也修剪得整齊的，大約五十歲左右的男人，面貌像是做服務業的那種，充滿服務熱忱的臉，並沒有什麼特徵，只是在外面的看板上常常看到的房仲廣告上面的臉那樣。

他拿出一大一小的拖鞋，很大的鞋櫃，顏色都是卡其色，他慢慢把拖鞋的面向朝向我們，一邊放著，不知道是不是因為 cecilia 說過的關係，感覺他的臉有點沉重。

「謝謝。你願意見我們我很感謝。」cecilia 說。我則沒有說什麼。

他領著我們到不遠的一樓客廳，也一樣是卡其色的大沙發，至少這個大小是我不曾看過的。

「你們喝茶還是喝咖啡？」他問說。

「嗯……」cecilia 看了我一眼說。「咖啡就好。」

「稍等我一下，桌上有今天份的報紙可以翻沒關係。」他說。然後往也在不遠的開放式廚房走，先在水壺裡裝了飲水機的熱水然後點上瓦斯（根本沒看過的那種，我只能這樣推測），不嫌麻煩的在櫃子裡拿了根本沒看過的咖啡豆，用磨豆機磨碎之後在濾紙上倒上磨好的咖啡粉，熱水還沒有煮開。我光是看他的這些動作就夠了，根本不需要什麼報紙，他朝我微笑了一下，不得不說是感覺良好的微笑，並不是服務倦怠的那種微笑。熱水開了之後慢慢的把熱水倒到濾紙裡，下面裝著三個瓷器咖啡杯，不像我的只求容量大的馬克杯，似乎很講究（當然我並不懂，只是看著看著不由得佩服了起來），把三杯都倒滿之後，他優雅的端進客廳，動作俐落也沒有聽到太多瓷器碰撞的聲音。

「很好的豆子喔。想喝紅酒或白酒也可以的，跟我說一下就好。」他說。沒有多餘的動作。

「不了，還要開車呢。」cecilia 說。

「熱水並沒有煮沸，是剛好的溫度，不會太燙，兩位可以直接喝看看沒關係。」他說。本來想跟他要糖奶但想了想作罷。

三個人只是拿起咖啡杯慢慢的喝而已。

『是這樣的，她應該跟你說過，是關於二十四年前車禍的事情，不知道你還記得嗎？』我乾脆打破沉默說。

他並沒有直接回我，只是默默的放下咖啡杯。「當然。」他說。「我這輩子都沒辦法忘記。」

8

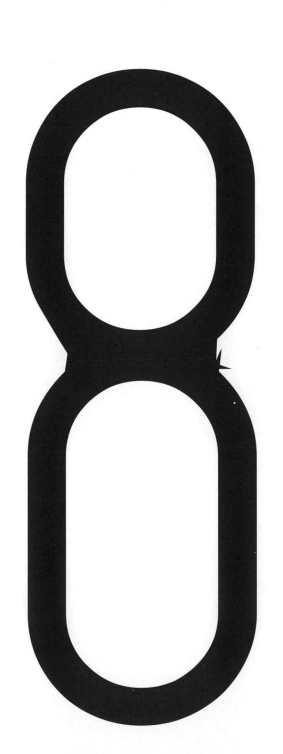

『也就是說，關於這個車禍你還記得。那警察有跟你說明情況或什麼的嗎？葬禮有沒有來？這二十四年之間又是抱持著什麼樣的心情活下去的呢？』我問說。並不想把時間拖長。

他先是用手握著拳托著下巴，好像在選擇用語或是在回憶那樣。「我想先從我撞到之後開始說起，方便嗎？」他說。

「你慢慢說沒關係，如果沒有預定的話。」cecilia 終於說話了。

「那時候我二十三歲，剛當完兵，工作非常的難找，自己也沒有什麼特殊技能，所以就在報紙上隨便找個一個蛋行的貨車司機勉強過著生活，每天都沒有特別想什麼事情，早上八點上班，確認倉庫跟當天的狀況之後就挨家挨戶的送著這一批一批的蛋，那時候沒有像現在超商就買得到蛋了，所以生意算相當不錯，託他們的福我也每天都從九點半左右送到下班六點，然後我回家也完全沒有事做，既沒有像樣的興趣，也沒有打發時間的東西，連電腦都沒有啊，頂多看看漫畫店租來的漫畫就這樣過著日子，對於未來也絲毫沒有想過。這份工作該做到什麼時候，總不能一輩子當司機吧？直到那一天，三月二十號。」

「我聽著廣播哼著歌，沒想什麼就是一般固定的路線開著，在一個路口，這樣撞上了您的母親。當下真的是一片空白，一直等到車頭有鈍物撞上的感覺之後才踩煞車，沒有報警也沒有叫救護車，我想就這樣掉頭逃跑，然而在我後方好像是花店的人看著我，一邊大聲的念著什麼，一邊好像在打電話的樣子，我發覺我逃不掉了。」

「我聽不到任何的聲音。」

「雖然不想面對有人在我輪胎底下的事實但還是下了車看，那畫面我真的忘不了，脖子以上就這樣被我的輪胎壓著，看不清楚，露出來的身體跟下半身就這樣毫無生氣的躺在那裡，那感覺就好像，在馬路正中間上吊看不清楚臉的自殺的人那樣，看樣子頭被我輾了過去，現在應該血肉模糊吧。身體擺放的位置我也還記得，現在想想，還好沒有看到臉，我一點都不敢看清楚，好想就這樣逃走，工作什麼的我都不要了，逃得越遠越好，就在我呆站在那裡的時候，不知道過了多久，警車先來了。先從遠方傳來不祥的警笛聲，一直存在越來越近，我那時候，就只聽到這樣的聲音。」

「關於警察問我什麼我完全都忘了，自己說了什麼也忘了。隨後救護車到來，一樣的響法的警笛聲一個又一個的靠近，我發覺我身邊越來越多人圍繞，看著看不到頭的下半身被蓋上白布，不知道為什麼沒有運上救護車，我不知道。我只是應付著每個問題，又不知道過了多久，等我回神的時候屍體已經消失了，不知道誰把它搬走了。我沒有上自己的貨車，車就這樣留在現場，我則坐上警車，被帶回去警察局問了一堆東西，關於調查的結果是什麼我並不清楚，那段時間我只是在警察局而已。可能五個小時可能六個小時，誰敲打著桌子，誰正在吃便當，誰正進出這個房間，一切的一切，我都像第三者一樣，冷眼旁觀著，我沒有戴手錶不知道真的過了多久，雖然說想知道時間但房間裡連一個時鐘都沒有，陌生的格局，陌生的天花板，陌生的桌椅，就這樣一直待著，說著什麼，聽著什麼，這個，那個，反覆的進行著。」

「終於告一段落，我走出警察局的時候，貨車已經開過來了，就停在門口。可能調查結束了吧。天已經完全黑了，我還是不知道時間。等到我回過神時已經到家了，我連怎麼開的都不記得，看了看時間，我記得快晚上十點了。回過神時已經從第三者進到我的身體內，人的意志在某種程度上是可以自己操控的。我想著那個像在上吊的屍體，看不到臉的屍體，垂放著平躺著的下半身，有一灘血，我終於想起來了。地上隨著屍體濺上了一大灘的血。終於我從上吊自殺的錯覺轉換成車禍身亡的現實，就在那時候，我才真正發覺到，我毀了一個人，說是毀太好聽了，我殺了一個人。」

「隨之而來就是每天的噩夢。」

「那時候我有一個女朋友，才剛交往沒多久，不是夢到她跟我結婚了之後生了小孩，然後被撞死的畫面。就是我母親不知道什麼事情急忙出門，然後被撞死的畫面，相當現實。就跟那時候一樣，可以看得到畫面在路口那邊，然後我女朋友或者我母親騎著機車過來，迎面撞上貨車的畫面。每次都不一樣，可能是白天，可能是晚上。可能是這個角度，可能是那個視角，每次都一樣的是，永遠是第三者的角度。就跟發生事情之後我被抽離看到感覺到的那樣。首先沒有聲音，然後突然聽到女朋友或母親的慘叫聲，碰！每次到這邊，我就會被嚇醒。幾乎沒有一個晚上是能一覺到天亮的。就這樣，我沒辦法跟女朋友繼續交往，也沒辦法跟母親住了。沒辦法啊，每個晚上她們都要死一次，我要怎麼看待她們？誰知道今天不會夢裡的事成真了，我每次想到這邊，我就會想到又有不知道是誰跟我一樣被帶到警局去，問了一堆話，那一天又來了啊，我想。」

「葬禮我想我並沒有去，我感到很抱歉。但是我去又能代表什麼？只會讓你們再一次的想起來而已啊，我想至少這樣過了有五年左右，不，可能七年或八年，那段時間對於時間抓不到距離感，都不知道時間怎麼過的，我想我只是躺在床上半夢半醒之間這樣過的而已吧，本來母親會在晚餐的時候在門口擺一點吃的，但不跟她住了之後，我一邊跟家裡繼續拿錢，一邊只吃泡麵而活。那時候一天最大的移動限度就是喝水跟煮開水泡泡麵，除此之外我就只是躺在床上，睡著，作噩夢，醒來又睡著，又繼續的作噩夢，就這樣循環……我當然想過要死，不過那時候並沒有什麼不痛的死法，想到會跟被車撞一樣痛我就完全不敢再繼續想下去了，但人很可怕，說不會去想反而會一直想，而且會想得越深入，除了噩夢之外，我又被痛所折磨。那天被撞有多痛，我想我就有多痛，真的是沒辦法忍受，生不如死，醒著的時候痛，睡著時候作噩夢。你們能想像嗎？」

說完他沉默了一下，也許正在思考該怎麼說下去，或者等我們問問題。

「那你之後是怎麼過的，現在並沒有那時候的痕跡。」cecilia 率先說。

「我每半年跟家裡要一次錢，好像是過年的時候跟學生放暑假的時候吧。然後我就用那半年份的錢拿去買半年份的泡麵，每半年一次，每一次都這樣。不多買什麼，只有買泡麵而已。幾乎要把連鎖大型賣場的份都掃光那樣的買，我那時候並沒有車，我就每次都扛著好幾袋的泡麵走回到住所。罐頭的話太貴了，我也沒有心情煮熱騰騰的白飯。我的心情，只有在煮好開水倒進放好調味包的泡麵裡時，等待的那三分鐘，才覺得稍微被填滿什麼，至於是什麼我現在還是搞不清楚。總之我那時候唯一的精神支柱大概就是等泡麵泡好的這幾分鐘吧。為這個而活。泡完開始吃，那種感覺就褪去了，啊，那大概就是光線直射到我這裡的唯一幾分鐘吧。就像在深不可觸的洞穴裡，等待著光線射進來那樣，就那幾分，周圍完全被類似幸福的救贖粒子照射。當然，就只有幾分鐘而已。過去之後就等足足的一天的同個時間才會再射進去，我那時間只吃晚餐而已，幾點已經忘記了，每當我又作夢了，又開始疼痛了，我就只想到泡麵，等待泡麵泡好的時間，才稍微好一點，我一直都是這樣過的。」

「直到有一天，我扛著好幾袋的泡麵準備返回住所的時候，不知道是自己不留意還是怎麼樣，等到自己察覺過來的時候，人已經在醫院了。並不知道時間過了多久，醒來就躺在病床上，多人共享的那種房間，聽得到周圍誰在為誰哭泣，電子機械的滴答聲，窗戶永遠是緊閉的，誰說著模糊的話，等到有人發覺我已經醒來的時候，可能已經是幾小時後了。當然我不能動，也不想動，只是努力的想要想起到底發生了什麼事情，我的泡麵呢？我那幸福的幾分鐘呢？」

「護士看到我醒，就叫了類似醫生的人來，對我的身體上下開始不知道在確認什麼，等醫生摸到我的頭，我的腦袋的時候，才發覺有刺痛的感覺。醫生沿著我的後腦摸下來，我才感覺到他正摸著我的傷疤，縫起來的傷疤。我問醫生發生什麼事了，他則是搖搖頭說，等明天早上警察來吧，你晚上好好睡就好了。」

「那天晚上，我完全沒有作夢。等發覺的時候，才知道已經完全感覺不到疼痛了。警察來問了我還記得自己是誰嗎？你發生了嚴重的車禍知道嗎？現在在哪裡知道嗎？知道，當然知道。警察詳細的跟我解釋，還站著幾位醫生。我在回家的途中，被一輛搶黃燈的貨車撞了。並沒有多少目擊者，所以也問不到什麼，監視器什麼也沒有拍到，只打聽到我被貨車撞了，然後他馬上就逃跑了。沒有人知道那是誰。在現場只留下灑落一地的泡麵殘骸跟腦部受到嚴重撞擊的我而已。我就想，啊，自己也遇到了一樣的事情，報應終於來了，不過，我為什麼還活著？也許是為了要贖罪吧，我犯的錯不容許讓我就這樣死去，我必須……做點什麼。」

「出院之後，我感到精神好久沒這麼放鬆了。在醫院的那幾個晚上我都沒有再作過身邊的人車禍的夢，我回到住所，等待泡麵泡好，感受光束直射的幸福，吃完之後，我不敢相信自己竟然可以這樣的幸福，什麼痛苦都感覺不到，身體輕盈，我在房間裡跳著，就像小孩子剛學會騎腳踏車那樣，我重生了，就像為永夜點上一盞明燈那樣。車禍既能帶人前往天堂也能帶人進入地獄，雖然我現在不知道自己屬於哪種，那時候我覺得我上了天堂。我的人生被車禍劃分開來，第一次撞死人進入了永夜，第二次被撞則成了永晝。」

「當然，撞死一個人的自己並不會維持幸福太久，那份量是一輩子永遠都無法抹除的，這一點我很清楚，現在也很清楚。只是，我也有自己的人生，說得好聽點，我可以連那個人的份一起活下去吧，其實就是也可以自己選擇自己的人生，不要被過去綁死。活在現在是現在，要跟自己的罪過共處，跟自己的罪過一起邁向人生的終端，就把它比喻成幻覺好了，我想很類似那種感覺。就算是現在這個客廳，那罪惡的粒子也依然飄浮在我的周圍，你們看不到，但我看得到也感覺得到。」

「之後的你們還要聽嗎？我是怎麼活到現在的，也許並沒有什麼意義，對於你們。」他說。

「我大概了解了。」cecilia 說。他說了有多久？有半小時多吧，似乎真的忘不掉的樣子。

「也就是說，你車禍之後慢慢的恢復成一個看起來像正常人的人，我這樣說沒錯吧？」cecilia 說。

「嗯……可以這麼說。說自己是正常人的人最可怕，這一點不要忘記。我只是恢復成看起來正常的人。」他說。

我則什麼都沒有說。

「看來你們對於我怎麼贖罪的似乎沒有興趣的樣子。」他說。

「並不是，只是聽到這邊，跟現在坐在這邊，大概就猜想得到了，而且，好像也覺得不是那麼重要。跟我媽媽沒什麼關係。」cecilia 說。

關於這個他想了一下。

「確實。說是贖罪，講白一點只是一種自我滿足的行為而已。但我不會停止的，這應該無所謂吧？」他說。

「當然。你自己的人生啊。」cecilia 說。

又再沉默了一下。

「會不會……聽完之後覺得無法釋懷？」他說。

「不會啊。其實我本來就沒有打算聽到多悽慘值得同情的故事。而且我覺得你真的已經足夠了，就各種程度上來說，真的，夠了。我母親的事其實不是足以撼動一個人生的事，至少我也沒有一直在陰影之下，你也不應該是。」cecilia 說。

「該怎麼說，從她女兒的口裡聽到這番話，覺得對我來說意義蠻大的。」他說。並把一隻手放在胸前。

「沒事啦，不用想太多。嘿，你真的沒有再繼續作夢了嗎？也感覺不到痛苦了？」cecilia 問說。

「託妳的福，已經完全沒有了。」他說。

「現在還吃泡麵嗎？」cecilia 問說。

「偶爾會吃，但現在已經感受不到泡麵的溫暖光束了，覺得蠻遺憾的。」他說。好像真的很遺憾。

「還需要喝點什麼嗎？如果想喝水也可以，咖啡已經涼了吧，涼了的咖啡美味就喪失了三分之二喔。」他說。

我倒是很習慣變涼的咖啡，我想。當然我並沒有說出口。

「嗯……如果是冰得涼透的茶倒是不錯。」cecilia 說。她好像完全放鬆了。

就這樣背靠著沙發坐著。

他笑了。

「有，要綠茶還是紅茶？不過都是無糖的喔。」他說。並起身準備到廚房的冰箱。

「綠茶就好，謝謝。」cecilia 回答說。

他在大得可怕的冰箱裡翻找的時候，我心想一個人需要這麼大的冰箱嗎？我看了 cecilia 一眼，她只是享受著柔軟度剛好的沙發而已。只有我一個人這樣想嗎？

他走回來，拿了兩人份的綠茶，並轉開蓋子放在我們面前。

「自己泡的冷泡茶，冰了至少有半天以上，正是好喝的時候。」他說。

我喝了一口，確實比超商的綠茶要好得太多了，好到我自己都不知道怎麼形容，只能說好到誇張。cecilia 則沒什麼表情，只是起身喝了一口，又繼續靠著沙發。而他也沒有說什麼，自己並沒有喝，只是安靜並微笑的看著我們而已。

「所以撞死一個人的感覺是什麼？」cecilia 突然問說。對於這個我跟他都嚇了一跳。

「真要說的話，怎麼說，那種……喪失感？就像不再有氣泡的可樂那樣……」他說。

「不，是撞到人的當下。你的感覺是什麼？」cecilia 打斷說。

「只是一片空白而已。感覺到車頭撞到鈍物之後，覺得好像往我身上潑了一整盆的冷水，濕答答的黏在身上，妳有過出門忘記帶傘的經驗嗎？那感覺就像忘了帶傘，天氣預報明明說今天整天都是晴天的，然而卻突然下起了大雨，像用傾倒那樣的下，然後妳就站在路中央，什麼都不是的感覺，只是一片空白。然後被淋濕之後，天氣瞬間放晴，烏雲馬上就散去了，好像剛剛的雨是不存在的一樣，那樣的下午。」他慢慢的說。

關於這個我跟 cecilia 都想了一下。

「老天爺的惡作劇之類的？」cecilia 說。

「不，他就是看準你毫無防備而為你一個人下的雨，並不是什麼惡作劇，可能是只有這區附近的烏雲聚集了起來，在你的頭頂上。簡直是虛構的那樣，我覺得非常的可怕。」他說。並指著上方。

雖然說這個比喻非常的生動，但我們兩個似乎沒辦法體會一樣。但我們都確信，這樣的一天是有過的，就是突然暴雨的午後，只是，沒特別放在心上。或者是說，就像 cecilia 說的，覺得只是老天爺的惡作劇，是每個人都平等的，一個 joke，並不是 fake。

暫時我們只是各自喝著茶而已。

「謝謝你們聽我說完。真的。」他喝完之後終於好像如釋重負的說。

「海盜先生。現在幾點了？」cecilia 說。我有點嚇到。

『呃……下午的 4:21。』我說。感覺好久沒說話了聲音的距離感抓不太準。

「我們該告辭了。很美味的咖啡跟茶。」cecilia 對著他說。

「沒事。佔用你們寶貴的時間深感抱歉，我送你們吧。」他起身說。

「不用啦。先跟你說，這傢伙，即將在你的庭院抽菸喔。」cecilia 笑著說。

『我不會把菸蒂留下啦。』我有點放心的說。面紙好像派不上用場了。

雖然說不用送，他還是送我們到玄關這邊，我們脫下昂貴的拖鞋，穿上自己的鞋子，關上門之後，突然感覺到這輩子已經永遠不會再見到這個人了，這個庭院，也是最後一次待了。

我點了一根菸。確實需要抽菸。我示意 cecilia 離我遠一點，她微笑了。

這個微笑我至今仍然記得，雖然說是至今不過也只是一瞬間的事情而已，對於我們來說。

然後我們什麼行動也沒有的，過了一個禮拜。

那天回來之後，發現浴室的牙膏牙刷跟肥皂都被換過了，兩個棉被跟四個枕頭都全部換過，床被罩上床罩，菸灰缸被清空，我們的行李被集中放在床邊。cecilia當天回來就睡了，那時候才不到晚上7:00，我則是慢慢聽音樂，慢慢抽菸，由於沒有電腦，所以只能插插頭充電，雖然是老型號了，還是蠻持久的，可以聽上兩天沒問題。

其中我偶爾出門喝咖啡，並不是想喝才來的，只是真的沒事做，說是偶爾，也只是其中的一個下午而已。我徒步走到附近的咖啡廳，坐在角落，由於是週末，所以人比較多，在等咖啡來的時候，我在定位就慢慢陷入事情與事情之間的縫隙，自己的重心先準備好之後，視野就開始注意周遭走動的人。

通常，人們只會事務性的走過或停留，有跟我一樣自己單獨一個人的，有兩人一組或更多人討論著不知道為何存在的問題。在櫃台前為了自己，在櫃台後為了自己，不管目的是什麼終究只是在外面進行著什麼，而觀察他們經過掩飾經過社會化的動作，不知為何讓我感到很安心。

為什麼很安心我自己也說不清楚。一般我是喜歡人們在自然狀態的樣子，就像我跟 cecilia 那樣，我們並沒有特別掩飾什麼，兩人極自然的相處。不過又或者，也不是這樣也不一定，不知道，沒有十足的把握。可能，我是對於人們都一樣這點感到安心。大家都為了一樣的目標被迫變成同一種樣子，鞠躬，笑臉，看到像這樣掩藏著什麼活下去。我就會覺得，嗯，大家都很面具化，跟我一樣。也許我是因為這樣而安心的。我以前覺得這有些病態加自傲，但現在只想，這是很平常的，類似同化，又或者融入，適應。我只是對於自己正常感到安心而已。嗯，也許是這樣，可能五年後，十年後又會不一樣吧。

咖啡來了之後，我就停止放棄似的觀察別人，只是把糖奶加進去攪動了一下喝，視野並沒有再繼續轉到其他人身上。戴起耳機，坐在角落，讓重心放在眼前的咖啡跟音樂上面。突然想看什麼書，然而在咖啡廳裡的只是雜誌。算了，我想。把音樂轉到 the brilliant green 的〈Rock'n Roll〉，想了想電影的事，我看電影算是蠻久以前的事了，那時候還是因為某個演員而看，現在則是看編劇跟導演而看，當然並不一定每部都有趣，不過有的時候某些片段讓我很有感觸，我就想著這些片段，偶爾也會想起一些記憶的片段，學生時代的，現在對我來說只有這些可以想。我續了一杯，再跟店員要糖奶，再度的攪拌，這次則是想起了村上春樹的《世界末日與冷酷異境》，啊，原來他之前就知道這世界會有世界末日啊，雖然沒有特別寫什麼時候，不過我私人的把他的世界末日跟現在重疊，不過只是想了一下，這杯咖啡喝完了之後我結完帳就走了。放棄掉什麼，是一件我很習慣的事情。

cecilia 只是一直待在房間裡，可能在想什麼，偶爾會有咬著嘴唇偏著頭的時候，但當然我是讀不出來她的意念。有的時候則是睡一整天，中間起來喝杯水又繼續睡這樣。母親的事情已經告一段落，不知道她得出什麼樣的結論。不過不管怎麼樣，這都是往前邁進了很大的一步沒有錯，沒有都好事，但也不是都壞事。

『妳這樣都悶著什麼都不說對身體不好喔。』有一次我跟 cecilia 說。「沒什麼好說的啊。我只是接收了什麼，並沒有要傳達什麼。」她只是這樣回我。

有的時候她則是用手機跟應該是她哥哥的人說話（應該吧？），聽起來極為平常的日常對話，然後突然用手摀住話筒小聲的說話，當然我聽不清楚，但讓我有點在意。有什麼不能跟我說，而是選擇跟哥哥說？說到底我連她哥哥見都沒見過，也沒什麼聽 cecilia 提起他，算起來是神祕的人物，掌握著 cecilia 童年大部分回憶的神祕人物，這樣說的話，我什麼都不是，只是類似像實驗室的助手那樣，沒有人知道的助手，喔喔，這是今年剛新來的助手，從今天起要跟各位在同一個實驗室裡喔，零星的掌聲，沒有人問我什麼名字，怎麼稱呼，介紹完了之後馬上開始進行什麼莫名的實驗，我則一聲都不吭的，只是跟在教授的旁邊幫他處理一些雜事。只是，目前我還沒有下班而已。

我為了破解 cecilia 什麼都不說的防線，試著去便利商店買了六罐的啤酒。

「哥哥這傢伙，把爸爸留給我們的錄音帶自己一個人聽，然後就丟掉了。說是不想一直放在身邊會影響心情。嘿，我完全都不知道這件事喔。好歹也算是爸爸的遺書之類的東西吧，我總有權利知道，然而哥哥說他只記得爸爸說了他喜歡的菸跟酒，然後要我們好好照顧自己，只記得這樣而已喔。」cecilia 在喝到第四罐的時候說。

『畢竟是拋下你們而走的父親，可能真的蠻影響心情的。我記得妳說妳那時候國二，妳哥哥呢？』我試著抓住這個話題繼續問下去。

「嗯……好像是高二吧。不公平啦！國中還不會想什麼深刻的事情，但是高中就會了啊。」cecilia說。

『妳說妳只是在想其他傢伙懂什麼？對吧？』我問說。

「嗯，沒有人懂我的感受。所以我一直都在想這樣的事情，大家都說我是天才，其實我只是比你們懂得鑽漏洞賣弄小聰明而已啊。」她說。

『那妳有跟妳哥哥談論關於母親跟父親的事嗎？在那個時候。』我問說。

「沒有，我們那時候寄人籬下，雖然說家裡的人不太管我們，不過這些事情在那個時候好像是禁語一樣的東西，沒有人明說，但我跟我哥哥感覺得到，只是交換一個眼神就明白了那樣。現在已經不在那個家了，奶奶也走了，姑姑也老了。一直到最近我才想把爸爸跟媽媽的事搞清楚，所以我現在在這裡啊。」她說。

『那妳白天跟妳哥哥說了什麼？』我問說。

「問他恨不恨我，畢竟媽媽走的時候他有記憶，應該也明白是為了我而死去的。然後還有恨不恨爸爸，拋下我們又擅自死去，問他有沒有想過如果我們在健全的家庭長大，人生會不會不一樣這樣。只是像這種沒意義的問題，是又怎麼樣，不是又怎麼樣？我哥哥讀大學之後就很少再跟我見面了，他有他的事要忙啊，現在看起來，他是有家庭概念的。似乎想組建家庭的樣子，一直交往的女友也有這個打算的樣子，啊，好像過得好好的啊。沒什麼影響。」她說。

『是不是見一面比較好？』我問說。

「不，沒有這個必要。手機就是為這個而存在的東西。雖然很多事情當面講會比較清楚，但我想自己一個人完成這件事。畢竟他現在可以說是一帆風順的時候，我不想在這個時候干擾他。雖然可能這些回憶對他來說沒什麼……不過總之，他提供我情報，然後就不要管他了啦。嗯，這樣比較好。」她說。

『可是妳已經逼迫妳哥哥回憶這些事了吧？又問了這麼銳利的問題，就這樣不管他會不會有點可憐？』我是真的這麼覺得。

「我哥喔，你不要看他這樣。他不像我走不出來，他不再回家，奶奶的喪禮也沒有回來，只是會定期寄錢回那個家。他完全不把爸爸跟媽媽的事當做什麼心靈的缺口啦。只有我這樣想而已，我勾起的，是他的回憶。他才不會鑽牛角尖的去想這些事，這個我很明白。你看，他連爸爸的錄音帶都沒有留下來了，現在他都快三十五歲了，老早就拋開過去邁向新的人生了吧。說不定只是把我當做煩人的蒼蠅而已。」她說。

『妳有跟妳哥哥說到有見到當時的肇事者嗎？』我才剛說完，就覺得自己問錯了什麼。

「沒啊，說這個幹嘛？說了他也不會當一回事，反而可能只覺得我跟傻子一樣吧。事到如今還去挖什麼過去。嘿，但我就是這樣，一直以為現在只是過去的延續喔，是在持續畫之中的人生這條線同一條上面，可能有時候有波動，但一直在往下畫喔，到世界末日之前，是不會停止的。」她說。

『妳有看過從鳥巢不小心掉落下來的幼鳥嗎？』我說。

「沒有啊。怎麼了？」她說。

我想說什麼，但覺得好像不是時機，我只是突然想到了，也許不是煩人的蒼蠅，而是……

『嘿，妳喝這麼多隔天起床不會頭痛嗎？』我說。

「沒事啦，我喝兩手都不會醉。不像你，只喝一罐就喝不下去了。啊，突然好想吃魷魚絲喔。」她說。

『妳等一下，我去買。』我說。然後起身拿鑰匙就往便利商店走了。途中經過櫃台看到那個中年女性正在打瞌睡，我就放輕腳步走過去，就像之前在陽台一個人抽菸的時候，偶然聽到某個家的飼主正在對自己家的狗自言自語，說得很開心那種，這種時候我就不想打擾他每次都躡手躡腳的，不發出任何聲音的抽著菸，菸抽完了也不敢起身，不知道為什麼，突然想起這些零碎的事。

我問店員有沒有隔天解酒的藥，想買給 cecilia，除此之外還拿了兩罐的啤酒跟兩包魷魚絲。

回去的時候 cecilia 已經把第六罐喝完，就這樣把空罐排列在小小的桌上，自己已經躺在床上睡著了。

9

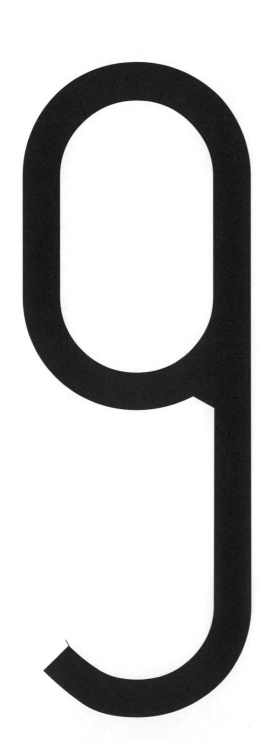

隔天 cecilia 像什麼也沒發生那樣，我一起床就看到她坐在我抽菸的位置上，正在把玩我的菸跟打火機。

『現在幾點？』我問說。

「你自己看手機啦！」她說。

早上的 9:11，已經想不起來是什麼時候睡的了。看得到桌上有退冰的啤酒跟兩包魷魚絲。我起身在她對面的位置坐下，空的啤酒罐已經不知道被收到什麼地方去了。

『嘿，我開我這邊的窗戶。菸還我啦。』我說。我想抽菸。

「喔？要不要配咖啡？這次我去買，算是回謝禮。」她說。看來她還記得。

『也買妳自己的吧，還有早餐。』我沒多說什麼，早餐似乎不適合吃魷魚絲。

她拿起錢包跟鑰匙往便利商店走。我看到門關上之後，把菸擰熄去盥洗，這已經是第九天了，旅館的人來打掃三次，似乎已經習慣這硬得嚇人的牙刷毛跟只有涼的牙膏，不用洗手乳也沒關係，用肥皂替代就好。想起自己前幾年還在工作的時候，有時候放假會騎著車亂晃，大概晃了一兩個小時就憑直覺找汽車旅館住一晚，真的是憑直覺喔，完全不依靠任何輔助，只是在路上晃，大概知道汽車旅館會在高速公路附近，或者稍微遠離城鎮一點點的偏鄉，明明自己有家可以回卻不回，付了不知道為什麼要付的住宿費把機車停進大得嚇人屬於自己的汽車停車間，走到通常是二樓的寢室之後，在充滿情趣然而我完全不當一回事的房間渡過那個晚上。可能，我只是尋找什麼新鮮感，然而這新鮮感退去的時候，剩下的只是毫無目的的另一個習慣生活。

cecilia 回來了。從紙袋裡拿出兩杯咖啡還有兩個大亨堡，加上一些番茄醬跟黃芥末醬，不知道為什麼沒有拿酸黃瓜醬，不過我沒多說什麼，大亨堡確實蠻適合早餐的（不其實一點都不適合），我把醬都撕開擠上熱狗，配著冰咖啡吃。吃完之後感覺得到滿滿的熱量，外加吃飯既有的油膩，抽菸剛好。於是我把剩下的咖啡配著，又點上了菸。cecilia 依舊看著我這些熟練的動作，不知道是佩服還是怎麼樣，看得很熱心。

「海盜先生抽菸的時候總是垂頭喪氣的，完全跟你點菸的方式不一樣，菸點著抽一口就把頭低下來，整個人也都駝著背，簡直像是半夜睡不好起床排解失眠的負面情緒而抽的菸那樣。」她說。

『這是我的儀式。』我說。倒沒特別注意自己抽菸的習慣。

「吃完就走了喔。」她說。沒多說什麼，我也知道等一下要去哪裡。

她依舊俐落的只拿錢包跟手機，我一樣揹著我的背包，在車上我選了 ONE OK ROCK 的《Nicheシンドローム》（Niche Syndrome），她定位的 GPS 似乎有點距離。

「你要就跟我聊天，不然睡一下吧。」她說。

『我沒有什麼話題啊。超無聊的一個人。』我說。

「送羊奶的話題啊，我想聽。」她說。

『羊奶喔……，妳說開過去要多久？』我問說。

「大概一個多小時，你慢慢說沒關係。」她說，歌曲來到了〈Yes I am〉。

『那時候換了幾個工作，也無職過一段時間。這很困擾，會一直懷疑自己這樣真的可以嗎？最終在找不到其他的工作之後選擇了送羊奶這個工作。日常的工作。工作時間在深夜一直到清晨，時間並不長。深夜代表要早起，或者是不睡，這兩者我已經抓到一定的節奏來維持一段睡眠時間，不想醒太久也不想睡太多。』

『由於要一直穿越馬路，並且只存在有路燈與我的車燈，外加又沒有人與車在外面流動，讓我感覺很自由，雖然是在工作也可以一直聽著自己喜歡的歌，不需要與人交流（這點很重要），或多或少，讓我跟白天之間有一段微妙的距離。』

『每次白天的時候外出，總會對於人與車的差距感覺到莫名的恐慌。因為我家必須要穿越市場才可以到城市，市場的流量非常的可怕，城市也是幾乎沒什麼喘息的空間，在這種恐慌之下，莫名的需要可樂，我是這樣保持平衡的。穿越馬路，也會穿越許多小巷子。所以會出現很多的流浪動物，最多的是狗。「在十月的深夜被雨淋濕的老黑狗」除了在我身上發生之外也可以套用於某些下雨的夜晚的狗。然而最令我感到悲傷的是，因為之前有說過市場的流量非常大，市場也會莫名的有些狗，所以除了老黑狗之外，也會有許多小狗。在擁擠的車潮之中被吞沒的小狗非常的多，然而我也無能為力，進而變成了在深夜裡，不管騎到哪裡，下雨與否，都會特別注意狗在被我的引擎聲吵醒之後對於我的反應，當然免不了的是會追著我跑跟吠，如果是這樣我就放心了。』

『在路燈之下，像側躺著睡覺一樣的姿勢，在我經過之後，完全沒有動靜。我一定會一直注視著狗，只要狗沒有回應，我就覺得牠應該也是被車潮吞沒的，「那種」狗。然後就會難過一陣子。對於這樣的自己也感到難過。』我說。

「有的時候我開車也會遇到那種小貓。真的很難過，家裡從小就有養狗的習慣，每一隻的名字都一樣，相同的是，命運都差不多，不是放養跑到大馬路上被車撞死，就是不知道為什麼奇怪的人下了毒就這樣死了，每一隻都不超過一年，大概是這個名字的詛咒吧。」她說。GPS的點確實的在前進中，進入了高速公路。

『至於工作本身，是相當輕鬆的。只要半夜去營業所把羊奶裝到車子兩側的袋子裡，依照規定好的路線一瓶一瓶的放到羊奶盒就好，當然偶爾會突然加訂的情況，或者有新訂戶，這時候心裡就要先盤算好這個路線在哪裡可以過去，排在什麼之前，什麼之後，然後用手機快速的查一下（沒辦法查太久會耽誤），基本上都可以找得到，當然也有手機地圖外的地址，這還蠻常的，畢竟手機的地圖是以世界為中心並不是只有我們住的地方而已啊，這時候就必須要在半夜的時候打電話過去問你的住址到底在哪裡，當然半夜通常不會接電話都在睡覺，這時候只能憑直覺了。還好我的直覺通常很準，不會花太多時間就找得到，不然可能拖到天亮了都還找不到。』我慢慢的說。歌曲來到了〈未完成交響曲〉。

「那到底為什麼會不繼續做啊？聽起來蠻自由的，雖然可能錢不多。」她問說。

『雖然我喜歡夜晚，確實在夜晚工作也相當自在。但不僅僅只有送羊奶而已啊，就像我之前說的，必須去收錢，每收一戶，當個月送那一戶的瓶數的錢就加一塊。收錢真的是要命，妳可以想像嗎？而且每個月都要收快破百戶，嘿，去收錢可是沒有算時薪的呢。』我說。

「嗯。要別人掏出錢，嘛，雖然喝得很愉快但是不想付錢。海盜先生每個月要收多久啊？破百戶沒有概念啊。」她說。

『每天的下班時間晚上六點開始收，收到九點左右，再晚就不行了，會有投訴。大概收一個禮拜吧？這樣算下來……大約二十小時左右，只為了那幾千塊。』我說。

「所以說每個月要加班二十小時，然後沒有加班費。」她說。

『不能說沒有，只是，太少了。重點是讓我又必須面對人，而且那面對，是以對待客人。簡直就是另向的服務業，太苦了，我真的做不久，我完全沒辦法接受服務業。』我說。

「明明要打破困境卻又陷進了另一個困境。」她說。

『好啦，送羊奶的事就到這邊吧。我都快想起來那時候月初的那種不快感了。』我說。

「還沒到啊。再說說什麼其他的吧？跟著 GPS 走完全沒有冒險的感覺，不像你，還可以有新訂戶的新地址。這超無聊的喔，設定好目的地就依照它規畫的路線走，走歪了它再另外規畫一條走歪的最快捷徑給你，我當初開車就是想要吹著冷氣到處晃而已啊。沒有目的地的。」她說。

『妳也可以不用 GPS 而去買紙本超大張的地圖啊，這樣多少會滿足一點冒險感。』我說。

「我就說了。我不想要有目的地。我們正往父親自殺的旅館大樓前進，雖然我不知道會有什麼問題，這也是理所當然的事情，就只是兩個人一組的去某個旅館嘛，就是，我們有要去的地方，你了解我的意思嗎？」她說。我有點搞不懂。

『還要開多久？』我乾脆問說。

「快了啦，大概再十五分鐘。怎麼，想抽菸了是吧？」她說。

『多少會有，不過這不是重點。嘿，羊奶故事挺無聊的吧。』我說。

「挺有趣的喔。我下一份工作可能會試看看，只要收錢的時候多加注意就好。我也想半夜到處亂晃。」她說。真的覺得有趣嗎？

『送的本身是挺有趣沒錯。』我說。確實。

暫時之間我們讓沉默的粒子漂浮在我們之間。曲子來到了〈Wherever you are〉。

『妳住在106號房，之前那間公寓，有家的感覺嗎？』我問說。

「完全沒有喔。我對於家庭沒有概念。感覺什麼地方都可以這樣無感的活下去，就只是暫時的停留所。」她說。

『我也沒有。』我說。關於這個我想了一下。然而並沒有空多想。

「到了喔。是這棟吧？」她說。確實GPS的點已經到了。

『下車吧。我要抽根菸。』我說。

又是一棟旅館大樓，我邊抽菸邊看，但這棟似乎才剛裝修不久，可以看得到招牌正誇張的寫著旅館，非常高調的寫法。外表塗上顏色鮮豔的油漆，奶黃色，藍綠色這樣的交錯，附近有專屬停車場，cecilia 開進去之後，我還在想，要我付錢住這種旅館，寧願睡公園還比較好。

『接下來怎麼辦？』我問 cecilia 說。

「似乎已經完全不一樣了啊，在我的記憶中，是更破舊，更廉價的旅館。」她說。

門口擺著兩隻不知道什麼動物的動物雕像，旁邊有椅子，但不知道為什麼，沒有想坐的意思，覺得坐了，就被吸進去什麼東西裡面。

『要進去問嗎？』我問說。

「呃……要怎麼問？請問十幾年前有沒有 ××× 這個人住過這裡嗎？好像哪裡怪怪的。你不覺得嗎？」她說。

『正確來說是幾年前？必須先搞清楚這個才可以進行啊。』我說。

「十三年前。」她說。

『那就直接去最近的警察局問看看吧。既然這地方已經變了，妳想不起來也沒有辦法。』我說。

「這地方真的有人住嗎？」說著她往櫃台的地方走。我並沒有跟著走進去，說實在不想踏進去這種地方。只是瞄了一眼裡面，看得到兩女一男提著大包小包正準備入住的樣子，還真的有人住啊。

看得到她跟櫃台的年輕小姐說了幾句話，似乎還有制服的樣子，不過以她的年齡來說，十三年前肯定還是小孩，根本不會知道以前這裡有人跳樓自殺吧。再者，有旅館會刻意說出這裡曾經有人跳樓自殺這件事嗎？不可能，再怎麼樣生意上都要避免，至少我是這麼想。

cecilia 走出來。她搖搖頭。「這種旅館完全沒有人情味可言。」

『妳好歹也裝作一下要入住的樣子吧。』我說。

「我就沒有帶什麼東西啊，她一看到連聲問候都不問，我上去說想請問一些以前的事情，那個人只是說我才剛就職，以前的事情我不知道喔。對話就結束了，我也不知道該怎麼接下去。」她說。

『這也是沒辦法的，對這家旅館來說可能正努力的塑造什麼新的形象吧。以前的事能忘就忘。走吧，去警察局。』我說。

「這世界持續在變。」她說。

我們上車，她用 GPS 找著警察局的位置，這附近有兩個，總之先去近的那個吧。

「只要五分鐘，很快的路程。」她說。

『連我抽一根菸都不夠的時間。』我說。

引擎發動之後，車子舒服的往沒辦法只能有目的地的地方前進。我並沒有選什麼歌，時間太短了畢竟，但不聽什麼，好像有點不習慣。

「關於家的問題。」她說。

『妳說。』我說。

「至今仍然沒有一個地方是我可以說出我回來了這四個字的地方，我一直在尋找，不知道要是對的人，還是對的房間。我不喜歡布置，覺得反正都差不多，也不喜歡打掃，乾淨又怎麼樣？不過浴室沒有辦法，還是要維持乾淨。沒有冰箱，洗衣服都用投幣的，就直接在天花板掛一條可以曬衣服的鍊子，就這樣曬衣服，每天窗戶都閉得緊緊的，開著吵死人的冷氣。我寧願每個月多工作一天，也要這一個月每天都有冷氣吹，我是抱持著這樣心情開冷氣的。喝完的飲料罐跟手搖杯就堆在電腦桌旁，大概只是一個月清一次，很可怕的人生吧。但就是沒辦法，這個房間我完全不想維持什麼家的感覺，只是求便利且暫時的停留地。被單跟床罩都至少一季才拿去洗衣店洗一次，枕頭套買了一堆不相干的顏色，只是便宜的兩個禮拜換一個，有的時候在房間裡會突然想，這裡是哪裡？我在這裡做什麼？那個106號房也是，看起來只是誰的房間而已，我不讓人進去，都是我去別人那裡，不管怎麼樣有人說要來我房間就用任何方式推掉。賺來的錢只是買著飲料跟早晚餐這樣，剩下的就存進去，懶得買什麼香氛什麼的啊，還是什麼覺得美觀的擺飾，隨便啦，這種事情。我連化妝品都是便宜貨，那種百貨大樓的根本連逛都不想逛，說到底百貨大樓只是奢侈品的堆集地而已吧？海盜先生逛嗎？一樓就是各種香味混雜的樓層，穿著昂貴衣服美麗的小姐總是在跟比自己年紀大上許多的人講些什麼，很膩喔。二樓就是些床啊枕頭啊，衣服之類的……，好像扯遠了。我想說的是，我沒有真正的一個家這件事。至少到目前還沒有。」她說。

『我的觀點是這樣。我也沒有家的實感，但我會讓自己像是在生活。例如家裡清掃得隨時誰進來都可以，煮熱騰騰的白飯，我不會煮所以就是配罐頭，抽菸所以要有陽台，就順便放洗衣機這樣，其實我也只是想讓自己像一般人一樣而已啊。一般論的房間，一般論的家。這是我對於房間的概念。』我說。

「嘿，到囉。」她說。這個警察局也有專屬的停車場，不用找停車位對於開車的人可以說是相當友善。車子駛進停車格之後，我突然想到現金袋的事情，好險沒有人動過我的外套，依然躺在內側的口袋裡面，忘了或被拿走就糟了。

cecilia 下車之後看了我一眼。我則示意不用抽菸沒關係，兩個人就這樣走進警察局，這次可說是警察局而不像是派出所了。

這個建築有兩樓，一樓我們一進去可以看到一張大桌子有一個警察正坐在前面，從白髮的程度看不出幾歲，有些微的白髮但沒有很多，可能四十到五十之間吧。後面就被隔起來了，完全看不到是什麼情形，看來是講究私人空間的一個建築啊，就算是警察也是需要點私人空間的。

「不好意思，我想詢問一下關於十三年前的案件。」cecilia 直接說。

坐在面前的警察好像驚覺了什麼一樣瞬間挺直背脊。「是，妳說。」

「這附近不是有一棟剛裝修的旅館嗎？關於那邊的案件。」cecilia 說。

「什麼樣的案件呢？」警察說。

「跳樓自殺的案件，但那時候我才國中而已，很多事情沒有人跟我說，我自己也忘記了。所以想弄清楚整個案件的流程，雖然說自殺可能不會有什麼調查，但我想盡可能的了解事情。」cecilia 說。

「請問妳跟那個人的關係是……？」警察有點防備心的說。

「我是他的女兒。」cecilia 說。

「嗯……有點難辦耶。」警察說。我知道到我出場的時機了，我一樣招呼了一聲把警察帶出門口，從外套口袋拿出現金袋。『不好意思，無論如何都還請您幫這個忙。』警察先是拒絕一直揮手往後退了幾步，我則上前把現金袋塞到他上衣的內側。他這才一副勉為其難接受的樣子。沒辦法，這世界就是這樣。

我跟警察再度回到了這個大桌子來，cecilia 不知道有沒有看到，不過總之，她並沒有什麼表情的變化，只是等待著警察開口。

「身分證借我看一下，我盡量幫忙，雖說可能不是我們這邊負責的，但電腦資料是相通的。」警察說。似乎是個比較誠實的警察。

cecilia 拿出來放在大桌子上，警察一樣翻到背面看。「妳變了很多啊，這照片都看不出來是妳了，很久以前拍的吧？」警察說。

「呃……對，至少快七還是八年前拍的了吧？」cecilia 充滿疑問的說。我也搞不清楚。

「父母親都過世了，想必很難受吧。怎麼樣，要不要順便調查一下妳母親？」警察說。

「沒事母親之前已經調查過了，那時候還沒有電腦資料這件事。再麻煩您查一下我父親。」cecilia 說。

「喔。」警察好像很無趣的說。「你們兩個坐在這邊等我一下，我去資料室查一查。」

我跟 cecilia 異口同聲的說謝謝，然後兩個人彼此沒有說話。我環視目前看得到的內部，右邊的牆上是公佈欄，貼滿了看不清楚的宣導海報，左邊則有一隻穿著警服站立的警犬應該不是雕像，雕像的感覺更重，這應該只是塑膠做的而已。會不會每個警察局都有一樣的吉祥物警犬呢？我試著想像了一下。大概過了十分鐘，警察還是沒有出現。倒是有一位警察剛從外面回來的樣子，看到我們兩個坐在這邊問我們要不要泡杯茶給我們喝。不用麻煩了，謝謝。我們說。我倒是蠻想抽菸的。

「不會有什麼問題吧？只是單純的自殺事件沒錯吧？」大概等到十五分的

時候cecilia問我。

『沒事啦，畢竟是很久以前的事了，說不定只是不好找而已。』我沒什麼自信的說。

到了二十分鐘我實在忍不住了，就先走出來抽根菸。心裡只是想著不是已經都用電腦建檔了嗎？只要搜尋一下就可以查到啊，然後把全部的資料列印出來，我們問問題這樣不就好了，只要照著資料回答，雖說不至於逃跑，這裡好歹也是警察局，但不知道為什麼有點擔心他就不會再出現了。還是說，事情沒那麼單純？各種疑問在我腦裡徘徊，但我想不出個所以然，並沒有什麼可以讓我接受的想法，搞不懂。

我看著cecilia的神情越來越慌張，我把菸擰熄之後進去拍拍她的肩。『也許是個比較笨拙的警察啊。』這時候我想不到，也許事情不會再更糟了。

警察回來的時候，我已經不記得時間。那時候根本沒心情去計算時間，不過至少有四十分鐘這麼久吧，那時我正在外面抽第二根菸。

「唉啊，事情變得麻煩起來了。你們似乎勾起了某人不好的回憶。」警察說。這時候我才剛擰熄菸準備進來。

「怎麼說？某人是誰？到底怎麼了？」cecilia 慌張的說。

「首先，事情沒那麼單純。妳父親的事件牽扯到兩個事件。然後有幾個疑點，如果你們有空的話，我慢慢跟你們說吧。」警察說。然後他看了一下手錶。「沒事，還沒有到下班時間。」

「不是我父親跳樓自殺嗎？」cecilia 問說。

「嗯，結果論上是，但過程上蠻曲折離奇的就是。」警察伸出一隻手表示讓他說。「小姐，妳先不要緊張，讓我慢慢說。」

「第一點，報案者是他的妻子。那時候是半夜的 3:21。日期是十三年前的六月十三號，警察接到報案立即通知醫院要求救護車到現場，而第一個到現場的，也就是我跟你們提過的這個人，他一直負責到案件結束，我剛剛就是覺得奇怪，所以打電話給他，他現在已經被調到其他分局了，不算是升遷，只是單純的人事調動，原因不明。」

「他一開始就發現，很奇怪的，當時櫃台也有人，為什麼不是他報案而是在家裡不知道為什麼還沒睡覺的妻子呢？當然，他一到就發現自殺者已經慘死，從至少十樓以上往下跳，似乎抱有決心的讓頭先著地，身體完好如初沒受什麼傷，只是頭因為撞擊力道過強已經血肉模糊了。啊，救護車來也只是把他送往太平間而已啊，然後他的家屬看到這個遺體一定會崩潰吧。他直接問接到報案的員警自殺者妻子的電話想問一些事情，有很多事不得不知道啊。」

「首先打電話過去的時候，自殺者的妻子已經關機了。連絡不上。暫且也只能等司法解剖完才能知道，只能等了，那時候他強烈懷疑，這個妻子一定不單純，雖然現在不得而知。連絡上的時候，已經是第三天了。全案往自殺這個目標努力的結案中，這時候他才發現，原來離得這麼遠，那時候並沒有什麼定位系統啦，所以報案者在哪裡並不知道。有五公里遠喔。奇不奇怪，再怎麼樣也不可能目擊到案件啊，那為什麼會報案。」

「然而妻子只是說，她在死者生前有接到電話，所以報案了這樣。聽起來蠻合理的，喔，死者做道別然後妻子發現事情不對而報案的啊。他那時候也沒多懷疑什麼，節哀順變。然而，等到司法解剖的結果出來，他才發現事情不對。」

「報案時間是半夜的3:21，而死者也就是自殺者，死亡推測時間是2:00左右。也就是說，他跳樓死亡已經過了一個半小時，他妻子才報案的。這就非常的奇怪，一般人不是會立即報案的嗎？為什麼接到電話過了一個半小時才報案呢？妻子電話打不通，沒辦法只能去她家拜訪，這時候才發現，原來妻子並沒有接收遺體，而是通知遠在鄉下的家屬來接收屍體。應該就是你們家吧。拿了妻子的手機查了一下，確實是半夜兩點左右接到電話的。如果妻子是遠在五公里遠的地方，也不是沒有可能去犯案，開車過去的話綽綽有餘。但到底，為什麼要去謀殺自己的丈夫呢？那時候還沒有什麼詐領保險費的手法，不像現在亂七八糟的，結婚詐欺啦之類的很多。那時候是風氣相當純樸的時候喔。就在他懷疑的時候，第二個疑點出來了。小姐，在我說之前，妳有沒有什麼想要問的？」警察說。

「妻子……原來那時候他已經結婚了啊……」對於這個 cecilia 想了一下。

「似乎是相當低調的只是去登記而已。感覺起來像在保護什麼那樣的小心。妳不知道嗎？」警察說。

「不知道啊。那時候他拋棄了整個家就在這邊了，我們完全不知道發生什麼事情。你說的妻子，應該就是那時候我國小去她家裡玩的女人吧。有照片之類的嗎？我想我還記得，因為我們去接收遺體的時候，在那棟旅館的樓下有遇到她。」cecilia說。

「很抱歉照片不可以給妳看。畢竟這是已經終結的案件，蓋子已經蓋上了，並用石頭鎮壓住，沒辦法再打開了喔。除此之外還有什麼想問的嗎？」警察說。

「如果她不接收遺體而是通知我們的話，原因究竟是什麼？」cecilia問說。關於這個警察往電腦那邊不知道翻了什麼。

「根據她的說法，是希望讓真正的家屬來舉辦喪禮。」警察說。

「……好你繼續說下去吧，麻煩你。」cecilia說。

「第二點，在第四天，那時候登記旅館還沒有電子化的時候，要用電話預約然後寫下來的喔。那時候翻到的紀錄，訂房的人是兩個人。也就是說，登記的人是妳父親，還有那時候的妻子。原來應該是兩個人一起去住的旅館，不知道為什麼就變成只有妳父親去了。他那時候只覺得預感果然成真了，這並不是什麼單純的自殺事件而已。在這件事情曝光之前，他想辦法找到了那個妻子，那時候妻子正在那棟大樓的樓下陪你們，你們有印象對吧？好像是師父在那邊念經，他看你們好像一家的雙手合十，小聲的啜泣這樣，那時候應該是在妳父親落下的地方做類似招魂的動作吧，然後才好把他的遺體帶回鄉下。至少那時候他去問那個念完經的師父他是這樣說的。他立刻找那個妻子問話，為什麼旅館登記的是你們兩個人？妳原本應該去住的旅館為什麼沒有去？如果毀約的話為什麼他要自己一個人去？之類這樣的話，然而妻子很從容的只是說了，我當天接到兒子在醫院的電話，所以先過去陪他。只是這樣而已，他沒辦法說什麼只能去查了。確實去醫院查的結果那個妻子跟前夫所生的兒子在當天嚴重的發燒，通知了那個妻子並有看到她留在醫院一直到很晚，但是，問不出來是幾點。最關鍵的點問不到，她的不在場證明就不能成立，只要她在兩點前就離開醫院的話，是完全可能犯罪的。」

「這是第四天。然而在第五天的時候，一位自稱是急診室小兒科的住院醫生給他打了電話。說當時她確實的留到了半夜的三點才離開的，他可以證明。這就困難了，真的很困難。那時候也沒有全部的地方都有監視器，還沒到那個年代啊。他再三的求證證人的這番話，然後不管問誰，每個人的回答都差不多。半夜的三點左右。這又是另一個疑點了，有那麼多的人可以確實的記得三點這件事嗎？」

「沒辦法。如果提不出偽證，只能相信證人的年代。他想盡辦法的想要找到漏洞，根據剛剛跟他講電話的時候，他那時候根本沒回家，就是在醫院跟妻子家還有那棟旅館之間不斷的想找線索。最終，什麼也沒找到，就被通知在鄉下的家屬準備把遺體火化了。」

「這是第二個疑點，關於這個妳有什麼要問的嗎？」警察相當仔細的說。似乎是個相當不錯的警察。

「嗯……也就是說，有可能是那個女人強迫所有的人都說看到她三點離開醫院？三點半報完警，然後就回去睡了？不覺得哪裡怪怪的嗎？」cecilia 問說。

「當然怪啊，連我這個念的人都覺得事情才不可能是這樣。但是妳要想，那是十三年前喔。並沒有那麼多的案件發生，所以那時候上面可以說是……不想發生事情。我說的妳懂嗎？」警察說。

「大概懂。」cecilia 說。

「還是連一張照片都沒辦法給我看嗎？說不定我可以想起什麼啊。」cecilia 說。

「嘿小姐，妳要搞清楚。這是已經結束的案件，不管有沒有過時效，都已經回不去了。我剛剛跟他講電話的時候，他可能比妳還要激動喔，一想到這件事情，他可以說是整個靈魂都在沸騰了，然而一切已經回不去了。」警察帶點激動又時而平穩的說。

「那我繼續說下去了喔。」警察說。

「好，再麻煩。」cecilia 小聲的說。

「他那時候可以說是拚了命了想要阻止你們家把遺體火化，預定是在第七天。然而他還是什麼都找不到。只找到了一堆疑點，一個都沒辦法破解，還剩兩天，雖然不知道留著遺體再次解剖有什麼幫助，就是跳樓的人，但仔細找的話一定有這女人的把柄。那時候他深信不疑，繼續的找線索。就這樣跑了一天，再怎麼問只是一樣的，醫院永遠只會說三點，旅館則永遠都說沒看到不清楚，他兒子似乎處於驚嚇什麼都問不出來。最終決定在第六天的時候去你們鄉下的家，想告訴你們千萬不要火化遺體，事情沒這麼單純。」

「然而就是第二個案件的發生，他沒辦法避免的。在第七天，也就是你們把遺體火化的時候，那個晚上妻子在同一棟旅館跳樓自殺了。」警察慢慢的說。

「就這樣自殺了喔。留下了遺書跟一捲錄音帶。」警察說。

「什麼?!那個女人已經死了嗎?在我們火化的那天……我完全不知道……」

cecilia 似乎蠻錯愕的說。

「其實那個妻子的死就單純很多,完全沒任何疑點。他只是很懊悔,明明有能力阻止這一切發生啊,要是我再調查得努力一點,讓事件的真相水落石出,說不定就可以避免這個妻子的自殺了。她不一定是犯人可能只是個受害者而已。」警察說。

「遺書上寫得清清楚楚的希望把兒子送到療養院,畢竟一下子兩個親密的人相繼而死,那時候可以說是完全說不出什麼話來的狀態啊,可能不想給親戚們帶來困擾吧。對了,你們應該有拿到錄音帶吧?」警察說。

「嗯,有拿給我哥哥。不過我也完全不知道,哥哥自己一個人聽然後就丟掉了。」cecilia 說。

「負責調查的人詳細的聽過喔。只是一個男人交代著後事，啊，希望可以拿什麼東西來祭拜我啦，也沒什麼遺產，看樣子日子過得非常苦，應該吧。」警察說。

「有記錄錄音帶的內容嗎？」cecilia 指著電腦說。

「沒有。畢竟並沒有任何犯罪的跡象啊。調查的人也是自己偷聽的，並沒有得到上面的認可喔。上面只是希望趕快把他交還給家屬。然而他那時候還是想從裡面找到什麼線索。但沒辦法啊，遺體已經火化了沒辦法確認這個錄音帶到底是不是你們父親所錄製的，現在的話應該有辦法吧，比如像是什麼聲帶什麼檢驗之類的，我也不清楚，就你們所看到，我只是負責坐在為民服務位置上的小小巡警，平常就是巡邏一下街道啦，開開罰單而已。這類屬於偵查的東西我真的不懂。」警察說。

「那他怎麼了？那個調查員。後來有知道些什麼嗎？」cecilia 問說。

「妳想一下，有什麼辦法嗎？嫌疑者已經死了，到底還能怎麼辦呢？這事件一直到結束，都是一個謎，誰也解不開，簡直像是完美犯罪那樣，電視劇上常演的，我有時候會看，只覺得佩服。這種事真的可能發生啊。」警察說。

「那個女人的事沒有再繼續調查嗎？」cecilia 問說。

「上面管得非常嚴，可能覺得就是調查的人窮追不捨才導致那個妻子也自殺吧。總之就是用盡一切手段要把這件事畫上句點。所有都很正常啊，櫃台的人看到有人掉下來報了警，在樓頂留下遺書跟錄音帶，筆跡的鑑定我不知道怎麼進行的，那時候有這東西嗎？不過確認了是那個妻子本人所寫的，送去司法解剖也合乎時間，並沒有什麼奇怪的地方，只是一個人自殺而已。」警察說。

「那她兒子現在怎麼樣了？有辦法找得到他嗎？」cecilia 問說。

「喔，關於他啊。後來完全學壞了，逃出療養院，販毒吸毒啦，反正就是沾毒了，現在大概在監獄裡面吧。可憐的孩子。」警察說。

「所以現在知道這件事的人，可以說已經不存在了是嗎？除了調查員。」cecilia 說。

「估計吧，不過他也快退休了，還是別去找他的好。如果他再惹上什麼麻煩，上面不會輕易放過他的，算是我拜託你們，別去找他。該問的我都幫你們問了，你們有什麼問題都可以問我，讓他安心退休吧。」警察說。

「太多東西了，一時之間不知道問什麼好……」cecilia 說。

警察看了一下手錶說。「不然明天還是改天再來吧？我也快下班了啊，被你們這個事情搞得……我只想吹冷氣喝啤酒趕快睡了我。」

「最後一個問題。那個女人的兒子現在在哪個監獄你知道嗎？」cecilia 問說。感覺得到她很急，語調異常的偏高。

「天知道啊！都過了幾年了，時間一直在走啊小姐，就像我們已經談了兩個小時妳沒有感覺嗎？過很久了啊。我現在只想躺在床上啊。」警察聳聳肩說。

「……佔用您的時間非常抱歉，您就先休息吧。」cecilia 想抓什麼，但什麼也抓不到。

警察向我示意了一下就往隔間後面走了，應該是準備下班了。一時之間我們還不知所以，只是坐在原地。交班的人來了。問我們有什麼事嗎，沒事，我們說。便起身準備離開。從警察局回來之後，我一句話也沒有說，只是安靜的聽著。

回到車上後，才發覺我異常的想抽菸。cecilia 則沒有發動引擎只是注視著儀表板。

『沒辦法接受嗎？』我問說。

「能怎麼辦？人都死了。嘿，能陪我去個地方嗎？」cecilia 說。

『沒事，走吧。』我說。

引擎發動之後，我並沒有放歌。只聽得到掛在後照鏡上的小東西碰撞的聲音。我並沒有問我們要去哪裡。看得到車子往山上開，到山腰的地方停下來。開闊修整過的平地，那裡有一棟相當氣派的建築，視野看得到整座城市的地方。我馬上會意過來，這是放她父母親的靈骨塔，也許有什麼事情想說吧。我跟著走進去，上到了二樓，看到沒有照片只有名字的兩個格子，cecilia 打開之後，什麼也沒有說。大概在心裡默念著想對他們說的話，我也雙手合十的祈禱著，希望這個女孩可以從過去走出來，她一個人承受著太多的苦了。父親捲入了一堆的謎團而自殺，連到底是不是自殺的都不知道，抱著謎團而死的那個女人，留下了給 cecilia 國小的記憶。我嘆了一口氣，不得不嘆氣。

cecilia 安靜的在骨灰罈前持續了有五分鐘吧。然後她就直接把上面寫有她母親名字的骨灰罈抱起來，並示意要我抱起她父親的，我一開始只是愣了一下，抱走骨灰罈要做什麼？

『這樣不算犯法吧。』我們一邊抱著骨灰罈一邊下樓梯。

「有什麼關係。這是我爸爸媽媽啊。」cecilia 只是安靜的說。

好險院方沒有人在的樣子，我們抱著骨灰罈到了車子旁，打開後車門放進去，小心的放，並且在前面墊上小枕頭，以防煞車的時候滑走了。

『接下來呢？』我問說。

「再陪我去個地方。」cecilia 說。並發動引擎。當然我沒有問要去哪。「聽點音樂嘛。」

我選了さユり的〈ミカヅキの航海〉（三日月的航海）。

「不錯的女聲。」cecilia 說。「我喜歡。」

我沒說什麼。只看到車子繼續的往山上開。

「海盜先生不記得家人對不對？」cecilia 問說。

『妳怎麼知道？』我嚇一跳的問。

「當然啊，你的事我都知道。不用問嘛。」cecilia 說。「你是不是常常覺得自己的記憶有時候會憑空消失，然後再擅自的出現，覺得某一段特別模糊，某一段特別清晰。這並不是都是藥的關係喔。你要知道，很多事情是合乎常理的，然後到了某一個點，就開始不講理了，世界上大多的事情都這樣喔。偶爾可以用一般論解釋，然後到了某些地方就變成私人的事情了，我說的你懂嗎？以一般論為基礎的私人的事情。」

『嘿，我一直想問。妳說的知道到底是怎麼一回事？就是……從哪裡開始知道的？對於我妳到底掌握到什麼程度，是能看穿我的心思嗎？也就是說……妳到底是誰？』我問說。

cecilia 什麼都沒有說。只是繼續往山上開，我又再嘆了一口氣，好想抽菸啊。

『我有個不情之請。』我已經放棄剛剛的話題了。

「不要太奇怪就好。」cecilia 說。

『打開窗戶讓我抽根菸吧。實在沒辦法忍了啊。』我說。

「你開啊，我又沒說車上禁菸。」cecilia 說。

我按下了打開車窗的按鈕，不知道過了到底有多久，我總算抽到第一口菸了。我先把 iPod 轉到了 J 的〈ACROSS THE NIGHT〉2017 RE-Recording Version，慢慢把煙吸進肺裡。

車子一直往山上開，道路漸漸變窄，山壁開始露出，到處都有可能會有落石的感覺，我又把音樂轉回さユり的〈ミカヅキの航海〉。cecilia 一邊哼著還不熟的旋律，一邊握著方向盤繼續前進，專輯已經差不多轉過一輪，道路中止，再往前沒有路了。車子慢慢滑到幾乎沒有空間的右側停下，滿地都是小石子跟泥土，本來有輪胎壓成道路的痕跡已經消失，沒有雜草，只有突出的岩壁削成壯麗的幾乎九十度角的巨大懸崖。我推測不出到這裡來的目的。

「嘿，海盜先生。幫我把我父親的骨灰罈抱出來。」她說。她自己則抱起她母親的。

『好。』我說。

我們兩個一人抱著一個骨灰罈順著她往懸崖邊上走。

「雖然海也不錯，不過比起港口，這裡才可以說連一個人都沒有，港口的話可能有船隻，有不解風情的情侶，也可能會有海巡也不一定啊。」她說。

我站在懸崖邊上，觀看可以看到這整座山的風景，已經變成小小一個圓的路燈映出的道路，遠邊有幾戶在山上的人家燈正亮著，我們這邊勉強靠著月光才看得稍微清楚，沒有風的夏夜。

cecilia 把她母親的骨灰罈蓋子拿掉，看得到以頭骨為中心擺放著一些類似肩胛骨，骨盆之類形狀的白骨，其餘則被擠成碎碎小小的雜塊。她拿起一小撮雜塊，默念著什麼。我則安靜的拿著她父親的骨灰罈看著她。

「去你的！」cecilia 大喊。然後把手上的雜塊往懸崖用力灑過去。

「嘿這樣很過癮。海盜先生要不要試試，心情格外的清爽喔！一邊大喊著難聽的髒話一邊把骨頭往下灑，感覺誰都不是誰了。」她說。

『妳自己來吧。這對我來說太沉重了。』我說。然後把她父親的骨灰罈放在地上，往稍微靠近車子一點的地方坐下。cecilia 持續大喊著髒話把一個人生的末端就這樣葬送在懸崖之間，這時才稍微有點風，聽不到任何碰撞的聲音應該是被風吹散了吧。我想著，如果以這樣的方式，也就是自己生前所摯愛的人親手把自己的骨灰灑在廣闊的場所也不錯，也不需要放在什麼奇妙的靈骨塔每年都要祭拜，也許可以選擇只留一點做成身上的裝飾品隨身帶著走，雖然我不戴裝飾品所以想不到，也許一個戒指啊，也許一個項鍊啦，想到的時候就再握著它傳遞可能到不了的思念（至少我覺得到不了，也許有非常多人深信絕對可以吧）。不需要任何牌位，也不佔用任何面積，既不燒香，也不祭拜，這樣應該蠻好的。

「啊！」cecilia 把兩人份的骨灰都灑光了之後怒吼著。可以聽得到山谷傳來的回音。

『好啦，舒服吧？我們回車上吧，開始刮風了。』我對 cecilia 說。

「感覺自己好渺小喔！」cecilia 不知道在興奮什麼，用雀躍的聲音說。

我們回到車上。繼續聽著さユり的歌。後座突然間空了出來，我們把椅背放下，暫時就這樣躺著看著車頂。

「如果這世界有另一個我的話，我想就是你吧。我們太像了，有著灰色的過去，念美術，吃著藥入睡。打從我在大賣場的喫茶店跟你說過話之後就這樣深信不疑。這就是我為什麼知道你在想什麼的原因，因為我就是你啊。真正的海盜先生其實就是 cecilia，而 cecilia 是另一個海盜先生。海盜先生知道我在想什麼嗎？」她說。

『我倒是不知道。』我說。真的有可能有這種事嗎？

「那可能我是本體，你是分身。不公平對不對，即使是兩個一樣的人，但有分本尊跟分身這樣。你知道為什麼你的記憶像漲潮一樣嗎？因為我們的記憶是類似同個抽屜的東西，我翻出我童年的記憶，所以你的記憶被關上了，你翻出你的婚姻，所以我與男友的記憶也被關上了。就像上來的時候我問你的那樣，莫名的某段時間的記憶特別模糊或根本記不起來，時間軸錯亂這樣，那是因為我們的抽屜是一樣的，只有一個喔，共用同一個，沒辦法，其中一方打開那抽屜的話，例如我在這個時間點打開了抽屜，你的這個時間點抽屜就是緊閉的，沒有出口。經歷過的事情放不進抽屜的話，那它就無法貼上標籤當成記憶，也就是，不存在的記憶，雖說沒有抽屜但人的機能並沒有受到影響，還是正常的活著，這點不用擔心。」她把手伸向車頂說。

『對等的人生，切一半那樣。』我說。

「沒有，我們的人生還是獨立的，就是記憶的抽屜是共通的。你還記得你學生的事情吧？因為我長久以來都不想想起學生的自己了，所以我把抽屜讓給你。但是童年對我來說很重要，尤其在我決定了要來這邊尋找之後，之前放棄過，忽視過，但現在，對我來說非常的重要，然後，我們一起迎接**我們的**世界末日。」她說。手還伸向車頂沒有放下來。

『這一天還是來了啊。』我默默的說。其實並沒有感覺到什麼。

「怕嗎？」她問說。

『沒什麼，只是覺得這趟路很遠而已。』我說。

「是生還是是死，要自己掌握。就跟寫遺書一樣，決定自己要面臨死亡，如果繼續活下去很難的話，那就好好掌握死亡。這很重要，如果突然發生什麼意外而死去的話，未免太可惜了，預料之外的死覺得很錯愕，我指的是對自己而言，別人怎麼想無所謂，死，要有計畫的死，然後親手決定死亡，這對自己而言是最好的遺書，並不需要寫給誰看。」她說。手放下來之後往我的手上面放。

我一邊感覺到她手的溫度，一邊才發現我們的溫度一模一樣，既不感覺溫暖，也不覺得寒冷。感覺好像她的手是延伸到我身體裡面一樣。真正的海盜先生其實就是 cecilia，而 cecilia 是另一個海盜先生。

歌曲轉到了〈birthday song〉。我們安靜的重疊著手聽著歌，唱到第二次副歌的時候，cecilia 哼著好記的歌詞。

Happy birthday,

Happy birthday,

Unhappy birthday to you.

她再順著旋律哼了一遍。

Happy birthday,

Happy birthday,

Unhappy birthday to you.

歌曲結束。換成了〈十億年〉。

『妳知道嗎？妳哼的那首歌叫做〈birthday song〉。我喜愛那首歌的程度不會輸現在這首歌喔。』我說。

「相當美麗又好記的歌曲。雖然有時候覺得你聽的歌很吵，但有時候有幾首真的相當棒喔。」她說。然後起身握著方向盤。

「要衝下去嗎？」她說。「在世界末日來臨之前。」

『不，不用，我想就停在這斷崖上就好。』我說。我一邊想像著車子衝下去在天空中劃過的美麗弧線，一邊漫無目的想像各種世界末日來臨的樣子。

「這樣也好。」她又躺回椅背。不過這次沒有握著我的手。

『我們的人生到底算什麼喔。搞不懂。』我說。

「大概是像使用完畢的回收物但沒有被回收只是丟在什麼地方腐爛了那樣吧。」她說。

『也像短短的五分鐘要完整的演奏完曲子全部的音符跟唱完每一個歌詞那樣。』我說。

「你如果有什麼遺言可以跟我說。我會好好的記得。」她說。

『沒有啊。反正我想什麼妳也知道。知道這個份量就好了，就像撞死誰那樣份量的存在。』我說。

「即使無法成為未來那樣。」她小小聲的說。

『我想打斷一下。』我說。『現在幾點？』

「嗯……我的手機顯示現在是半夜的4:29，以夏天來說，應該快天亮了吧。『在天亮之前，我想聽一首歌。』我說。並起身把音樂轉到amazarashi的〈未来になれなかったあの夜に〉（無法成為未來的那個夜晚）。

『他開頭有一段是這樣寫的，雖然我不太懂日文，概意我還是知道的：你就照著你想的去做吧，我也大致如此活了過來。忘了我吧，如果你有其他想去的地方。』我和著那一段解釋給她聽。

「大致如此活了過來。」她說。

『妳會忘記我而去其他地方嗎？』我問說。

「哪都不去。嘿後面的歌詞是什麼？」她說。

『如果被責備了生氣也沒關係的喔，一個人哭泣的話就不會被任何人發現了啊。向那些夜晚說聲「都看見了吧？」。』我解釋。

「好寫實。」她說。「那歌名叫做什麼？」

『翻譯成比較常見的話是「無法成為未來的那個夜晚」。』我說。

「你看窗外，面向海的地方已經冒出了一個亮點喔。」她起身看著窗外。

『我們到外面去吧。』我說。

兩個人都下車，往海的方向的懸崖那邊望著。

「現在的話，那首歌已經天亮了。」她說。

我暫時只是看著那個亮點，慢慢的越來越大。我牽起 cecilia 的手，我們的世界末日是嗎。

『如果兩個是一樣的人一起走向死亡會怎麼樣？』我問說。

「那後人應該會傳頌下去然後譜成一首曲子吧。」她說。

『那倒不壞，歌詞該寫什麼好？歌名又該叫什麼好？』我問說。

「無法成為未來的那個清晨。」她握緊我的手說。

編按：本書中的引號如「」與『』是用以區分敘述者的身分，為作者特殊用法。

無法成為未來的那個清晨

作　者──海盜先生
資深主編──羅珊珊
特約編輯──施舜文
校　對──施舜文、羅珊珊
美術設計──廖韡

總編輯──龔槵甄
董事長──趙政岷
出版者──時報文化出版企業股份有限公司
一〇八〇一九台北市和平西路三段二四〇號四樓
發行專線──（〇二）二三〇六六八四二
讀者服務專線──〇八〇〇二三一七〇五　（〇二）二三〇四七一〇三
讀者服務傳真──（〇二）二三〇四六八五八
郵撥──一九三四四七二四時報文化出版公司
信箱──一〇八九九台北華江橋郵局第九九信箱

時報悅讀網──http://www.readingtimes.com.tw
思潮線臉書──https://www.facebook.com/trendage/
時報出版愛讀者──http://www.facebook.com/readingtimes.fans
法律顧問──理律法律事務所　陳長文律師、李念祖律師
印　刷──勁達印刷有限公司
初版一刷──二〇二二年八月十九日
定　價──新台幣四五〇元
（缺頁或破損的書，請寄回更換）

時報文化出版公司成立於一九七五年，
並於一九九九年股票上櫃公開發行，於二〇〇八年脫離中時集團非屬旺中，
以「尊重智慧與創意的文化事業」為信念。

無法成為未來的那個清晨／海盜先生著. -- 初版. -- 臺北市：時報文化出版企業股份有限公司, 2022.08
面；　公分

ISBN 978-626-335-802-7（平裝）

863.57　　111012602

本書榮獲：社團法人臺北市紅樓詩社贊助　紅樓詩社 Crimson Hall Poetry Society

ISBN 978-626-335-802-7
Printed in Taiwan